LA FILLE À LA PORTE

VERONICA RAIMO

LA FILLE À LA PORTE

Traduit de l'italien
par Liliane Guillard

BUCHET • CHASTEL

ISBN : 978-2-283-03302-9

Pour H. M. H.

« Rentre chez toi et exerce-toi à faire la cour. Vas-y. Va-t'en. Remporte ton Schubert et reviens quand tu seras plus à la hauteur. »

J. M. COETZEE, *L'Été de la vie*[1]

1. Traduit par Catherine Lauga du Plessis, éditions du Seuil, 2010.

La compagne

J'étais dans mon sixième mois quand la fille est venue frapper à ma porte.

Je m'étais habituée à recevoir des visites, comme si j'avais été malade. En un certain sens, je l'étais, d'une infirmité languide qui me faisait traverser la journée sans rien faire. Le médecin m'avait recommandé beaucoup de repos. Inventer de nouvelles méthodes pour me reposer restait le plus difficile.

C'étaient toujours les autres qui venaient chez moi, j'avais appris à les recevoir. Les gens passaient pour me demander comment j'allais, me donner des conseils et m'offrir des livres sur la maternité, aux couvertures si laides que je ne savais jamais où les cacher. S'ils ne m'apportaient pas des livres, ils venaient avec quelque chose à manger, quelque chose qui parfois s'avérait potentiellement nocif, si bien que la gentillesse se doublait alors d'une autocritique navrée : « Quelle idiote ! Un tiramisu… Des œufs crus ! Comment ai-je pu ne pas y penser ! »

La fille s'était présentée les mains vides. Sur le seuil, les cheveux détachés et le jean moulant, comme j'en portais moi-même avant que mes visiteurs ne m'offrent des stocks entiers de pantalons à taille élastique. Je passais mon temps à dissimuler ces temps-ci.

– Vous êtes la femme du professeur ? m'a-t-elle demandé.

– La compagne, ai-je précisé, malgré la gêne que suscitait ce terme chez moi : j'avais l'impression de chercher à me donner un genre.

– Je dois vous parler.

La fille s'est installée sur le divan, ses mains vides posées sur ses genoux. Plus que posées, accrochées : les doigts crispés et les jointures blanches qui se détachaient sur la toile du jean. Deux os saillaient de ses épaules, deux grosses épingles enfouies sous la peau. Je me suis assise lentement sur le fauteuil, mon ventre m'est apparu subitement déplacé, une forme disgracieuse et vulgaire que j'essayais de dissimuler avec mes mains – mais ces dernières étaient terriblement gonflées, la faute à tout ce repos, des mains géantes, qui se fondaient avec mon ventre en une masse épanouie et vitale. De nouveau à cacher les choses. Par chance, le squelette sur le divan ne semblait pas s'en apercevoir. Ses yeux exploraient l'appartement, non pas inquisiteurs, mais sensuels et vides, cherchant à se remplir.

Ni moi ni mon compagnon, le professeur, comme elle l'avait appelé, n'avons été très doués pour donner un peu de chaleur à cette maison. Il y a vécu plus longtemps que moi, bien avant que je le rejoigne, et mon arrivée n'a pas changé grand-chose. Ce n'était pas une présence féminine qui lui manquait. Ou peut-être que si, mais certainement pas la mienne. Je ne me suis jamais intéressée à la décoration, je ne connais même pas les noms des objets, ou plutôt, je ne connais que les noms, pas ce qu'ils désignent – des mots qui devraient m'évoquer quelque chose, mais qui ne sont que des mots : cantonnières, lampadaire, buffet. Pour autant, la maison n'était pas laide. Les visiteurs faisaient toujours des compliments, qui me paraissaient sincères. Je sais que c'est l'usage, qu'il faut dire un mot, mais je crois que la maison était vraiment accueillante. En tout cas, moi, je m'y suis sentie accueillie, même si je n'ai rien fait pour lui retourner cette chaleur, pour la rendre plus familiale, plus personnelle. Je l'ai prise telle quelle, comme l'avait fait mon compagnon quand l'université la lui avait attribuée, tout juste remise à neuf. Les murs blancs repeints de frais, les meubles spartiates mais fonctionnels, le fauteuil pour lire, le bureau pour travailler. C'était une maison où je parvenais à me reposer.

De temps en temps, il me disait : « Tu devrais acheter des bibelots. » Mais cela aussi, ce n'était qu'un mot. À quoi peut bien ressembler un bibelot ?

Quand il m'avait envoyé par mail la photo de la maison pour me donner envie de le rejoindre, j'avais fait le même genre de commentaires. « Elle a l'air vraiment charmante. » Tu y seras bien, me disait-il. Et en effet, j'y étais bien. La fille pouvait regarder dans tous les coins, elle ne trouverait rien d'étrange pour nourrir son regard.

– Une tasse de thé ? lui ai-je proposé.

C'était devenu ma spécialité. Je passais un temps infini à choisir le thé au marché, et autant de temps à le préparer. Avant de tomber enceinte, il ne me serait jamais venu à l'esprit de compter le thé parmi les boissons envisageables. Ou peut-être était-ce avant de déménager. Désormais, ce n'était pas seulement une boisson, mais une expérience, une manière de me vider l'esprit, une nouvelle langueur pour m'accompagner dans mon infirmité. Le marché de Miden regorgeait de tisanes, d'herbes séchées en vrac qu'on me laissait humer, qu'on me montrait dans leurs sacs de jute ou leurs boîtes en fer-blanc – des thés aromatisés, des thés riches d'histoires, des thés qui évoquaient des pays lointains. Et moi, je m'abandonnais docilement à un exotisme qui jusque-là ne m'avait jamais attirée – mais, si c'était la seule alternative aux livres sur la maternité, alors c'était parfait.

– Ça m'est égal, m'a-t-elle répondu.

J'ai préparé le thé et l'ai posé sur la table basse entre nous.

– Vert, au jasmin, cela ira ? lui ai-je demandé.

– O.K.

– Du sucre ?

– O.K.

Elle commençait à m'irriter avec sa brusquerie. Ce n'était pas à moi de lui expliquer l'histoire de vie que pouvait contenir une tasse de thé ; c'est peut-être sa jeunesse qui la préservait de tout ce qui l'avait précédée, et pourtant elle n'était pas beaucoup plus jeune que moi, même si l'écart commençait à se faire plus évident depuis que j'étais devenue la compagne du professeur, ou peut-être depuis que je portais la preuve manifeste que l'Histoire existait. Mais la fille, en dépit de ses réponses expéditives, était justement venue pour parler du passé.

– J'ai été une étudiante du professeur.

– O.K., ai-je répondu sur le même mode.

– Vous a-t-il parlé de moi ?

– Franchement, je ne sais pas. Tu n'es pas l'unique fille à avoir été son élève.

– J'ai été plus que cela.

Ce qu'elle voulait dire était clair. J'ai fait semblant de ne pas comprendre.

– Le professeur et moi avons eu une histoire, a-t-elle ajouté.

Nous en avons tous eu, une histoire, ai-je failli lui répondre. Non, malheureusement ce n'est pas vrai, cette réplique m'est venue plusieurs minutes après, et qu'elle ne me soit pas venue aussitôt me l'a fait paraître particulièrement brillante. Je suis donc restée quelques secondes à méditer sur les mots de la jeune fille, sans rien dire. Le ton de sa voix trahissait précisément cette atmosphère suspendue, et comme je ne trouvais pas de repartie, je respectais ses règles.

– Y a-t-il une raison pour laquelle je dois le savoir ? ai-je repris.

– Oui, a-t-elle répondu. Je suis venue pour cela.

Mon compagnon et moi nous étions connus quatorze mois plus tôt, ici, à Miden. J'étais en vacances, lui y avait emménagé depuis peu. Nous avions passé deux semaines ensemble. Coup de foudre, ou plutôt complicité de deux jeunes gens égarés en terre étrangère – même si c'était une manière romantique de voir les choses, puisque lui vivait déjà à Miden, avec la perspective d'un avenir solide, un retour de congés déjà programmé, le début imminent de l'année scolaire. Moi, je pouvais m'enorgueillir d'un égarement sincère, j'étais véritablement une étrangère, sans aucun but à cette époque, sans rien à faire à Miden ou ailleurs. Et ainsi, quand nous fumions sous le ciel étoilé, nous partagions davantage la fin des vacances qu'une peur de l'inconnu. Et pourtant, j'avais pleuré au cours d'une de ces nuits. Les joues baignées de larmes alors qu'il évoquait tout ce que nous pourrions être. Il savait que je n'avais rien à perdre, parce que je n'avais presque rien. Du moins, c'est ce que j'aimais croire à l'époque. J'aimais jouer ce rôle. Les études terminées, les mails des amis déjà partis : je vivais dans un Pays qu'on pouvait seulement quitter. Tout le monde partait. Celui qui restait était un pestiféré. Chaque jour, les journaux parlaient de l'Effondrement, ils faisaient le compte des émigrants comme des réfugiés, dénombraient les survivants.

Les catastrophes naturelles connaissaient une période d'accalmie : pas de tremblements de terre, ni d'ouragans, ni d'inondations. Pas de parasites pour écorcher les arbres, pas de sécheresse pour faire craqueler la terre. On ne parlait que de nous, peu importait si nous avions quinze ou quarante ans. On nous demandait de faire confiance. « Le pire est passé », disaient les politiciens et, en même temps, ils envoyaient des enfants et de l'argent à l'autre bout du monde. La vérité, c'est que le pire ne pouvait pas passer, parce qu'il n'était jamais vraiment arrivé. Tant que nous étions enfants, nous resterions des enfants, nos mères et pères prendraient soin de nous. De retour chez moi, en regardant les photos de Miden, je m'étais convaincue qu'il y avait, dans notre regard hébété sous la Voie lactée, une vie possible. Et ainsi, j'étais partie moi aussi. J'ai déménagé à Miden pour l'espoir de ce regard, dans lequel quelqu'un – moi-même, peu de temps après – n'aurait rien vu d'autre que des yeux vides d'avoir trop fumé.

J'ai versé davantage d'eau dans ma tasse encore pleine.

– J'ai été violée par le professeur, a dit la fille.

Je n'ai aucune idée de ce que signifie désirer un enfant. Je ne crois pas l'avoir désiré ; quand j'ai découvert que j'étais enceinte, ce genre de pensée n'avait déjà plus d'importance. Il était là, tout comme moi. Nous existions ensemble. C'était une sensation plus forte que le désir.

Après mon emménagement à Miden, avec mon compagnon nous faisions l'amour tous les jours, plusieurs fois par jour, sans précautions comme on dit, puisque notre relation semblait se fonder justement sur ce présupposé. Le regard hébété sous le ciel étoilé contemplait aussi la création de nouveaux êtres vivants. La prudence, la crainte appartenaient au Pays que nous avions laissé. Là-bas, les gens mouraient parce qu'ils se protégeaient. Ils mouraient parce qu'ils se ménageaient. Parce qu'ils étaient déprimés. Parce qu'ils avaient peur. Là-bas, personne ne semblait capable de procréer. Mais nous si, nous qui étions partis, nous le pouvions, sans même avoir à y penser. Miden regorgeait d'enfants.

J'ai regardé la jeune fille. Sa maigreur avait quelque chose de menaçant, la carcasse décharnée d'un animal venu apporter le désastre.

– Quand ? ai-je demandé, comme si le plus important était d'établir une chronologie convaincante.

Et d'une certaine façon, c'était vraiment important.

– C'est arrivé plus d'une fois, a-t-elle répondu. Dans un sens, *en permanence* pendant notre histoire.

– Je voulais dire, il y a combien de temps.

– Il y a deux ans.

– Veux-tu un autre thé ?

– Ma tasse est pleine.

Je n'avais pas un goût prononcé pour la musique. Je n'aurais jamais eu l'idée d'en mettre à la maison. Les visiteurs ne m'offraient pas de CD. Mon compagnon avait essayé de faire mon éducation, mais j'étais distraite, je ne me souvenais jamais du nom des morceaux. Aussi n'avais-je aucune idée de quel disque mettre quand je me suis levée. Je craignais que la fille ne me juge pour un mauvais choix. Elle avait l'air d'être plus au courant de ces choses que moi. Mais elle était juste stupéfaite que l'idée même me soit venue à l'esprit. Peut-être que je ne cherchais que cela en réalité. La troubler. Voulant faire bonne figure, j'ai pris une compilation des années quatre-vingt-dix.

– Pourquoi venir me le dire maintenant ? ai-je repris. Il y a deux ans, je ne le connaissais même pas.

Le regard de la fille s'est finalement rempli de quelque chose ; du « dédain », je crois, serait le mot le plus approprié. Même son corps paraissait plus vigoureux. Elle balançait sa tête d'avant en arrière comme si elle avait acquis un poids tel qu'elle ne pouvait rester en équilibre.

– Parce qu'il n'a jamais été puni, m'a-t-elle répondu.

– L'avais-tu dénoncé ?

– Non. Je ne pouvais pas.

– Pourquoi ?

– Parce qu'à l'époque, je ne le savais pas. Maintenant, je sais.

Les doigts de la fille n'avaient même pas effleuré la tasse que j'avais posée devant elle. Et dire que cela avait été mon unique geste aimable. À elle seule, cette tasse coûtait davantage que ses chaussures.

– Qu'est-ce que tu sais, maintenant ?

– Que j'ai été violée.

Le compagnon

J'ai gardé ses petites culottes pendant des mois. Elle aimait venir chez moi et repartir sans culotte. J'en avais un tiroir plein. Et un jour, quand je l'ai ouvert, j'ai été saisi de nausées. Une odeur obscène qui n'avait plus rien à voir avec elle. De toute façon, j'avais déjà oublié son odeur depuis longtemps, et ça n'avait jamais été bien important. Mais le reste, si. Les nichons, le cul, les jambes. Le reste, j'en rêvais encore. J'en rêvais quand je baisais avec ma compagne, quand je lui mettais la main sur la bouche pour ne pas l'entendre gémir parce que je voulais entendre les gémissements de la fille. Dans ma tête, bien sûr. Et puis, cette garce est venue un jour se présenter à ma porte avec cette lettre absurde de la Commission. Et il a fallu que ma compagne la fasse s'asseoir et l'écoute.

– Mais merde, lui ai-je dit, nous sommes partis de notre Pays parce que nous voulions être libres, et toi maintenant, tu prêtes attention à ces conneries ?

– Ce sont les conséquences de la liberté, m'a-t-elle répliqué.

Elle a commencé à parler comme ça depuis son emménagement à Miden. Elle parlait à coups de slogans. Ou restait silencieuse. Toute emphase ou mutisme. Dépression ou hystérie. Même concernant sa grossesse. Un jour, elle parlait de l'homme qu'il deviendrait, le lendemain du crapaud dans son ventre. En réalité, elle n'était pas différente quand je l'ai connue, mais elle était toujours joyeuse. Même quand elle pleurait. Elle faisait l'amour et elle pleurait. Je me souviens, au camping, nous étions seuls sur la plage, totalement défoncés, et elle me disait : « Mais, moi, où je vais ? Je n'ai rien ! Je n'ai rien ! », la tête baissée, en larmes. Mais c'était comme un rire. Comme une petite fille que je devais prendre dans mes bras et consoler. Et je lui ai répondu : « En quoi c'est important ? Tu n'as rien. Tant mieux. Comme ça tu n'as rien à jeter. » J'en ai dit des conneries.

Elle est persuadée que c'est moi qui lui ai demandé de venir emménager à Miden. C'est peut-être vrai. Je veux dire, peut-être que je lui en ai parlé quand nous nous sommes rencontrés. Elle était là, en vacances, et elle n'arrêtait pas avec cette histoire de ne rien avoir. Alors je lui ai lancé : « Tu m'as moi ! » Et j'y croyais. Elle était si belle, avec ses grands yeux apeurés, si émouvante quand elle me regardait. Ses longues jupes à fleurs, je n'aurais pas cru qu'on en faisait encore, c'était peut-être celles de sa mère, ou de sa grand-mère, les bords tout effilochés à force de traîner au sol. Parfois, quand elle se mettait sur moi pour baiser, elle aimait garder sa jupe, les seins au vent et ses colliers qui rebondissaient d'un téton à l'autre, les cheveux en bataille, elle bougeait beaucoup, et je me souviens qu'il me dégoûtait un peu, l'ourlet sale de cette jupe. Il avait passé des jours et des jours par terre. Soit, je suis de ceux qui gardent les petites culottes sales. Mais cet ourlet me dégoûtait quand même un peu. Enfin bref, je ne sais pas si je lui ai demandé de venir. Nous nous sommes écrit quand elle est repartie. Sur l'écran de l'ordinateur, elle avait toujours ces mêmes yeux. Que pouvais-je lui dire ? Viens ici, lui ai-je dit.

Je lui ai montré la maison. Je lui ai lu les statistiques. À Miden, ils sont obsédés par ces chiffres parce qu'ils sont en tête de tous les classements. À la première place pour : la qualité de vie. La confiance dans l'avenir. L'égalité sociale. Les droits humains. L'épanouissement professionnel. L'émancipation des femmes. Si tu cumules tous ces critères, c'est le jackpot. Et vient alors ce que tu cherches : la première place pour le Bonheur.

Si je me fiais aux statistiques, j'étais un homme de Miden parfaitement intégré et heureux. J'avais un travail bien payé qui correspondait à ma formation et à mes ambitions, un logement fourni par l'université, beaucoup de temps libre pour continuer mes recherches et faire du sport. J'avais même droit à des entrées à la piscine. Mes épaules commençaient à faire envie. Et puis, un jour, la fille s'est pointée avec la lettre de la Commission. Une accusation de viol. Ma compagne qui regardait son ventre et me disait :

– Je dois penser à lui.

Qu'est-ce qu'il a à voir avec ça, lui ?

– Tu sais ce que je risque ? lui criais-je.

Et elle, placide, comme elle avait appris à l'être :

– Et tu sais ce que je risque, moi ?

– Non, lui ai-je rétorqué, dis-moi donc, toi, que risques-tu ?

– D'être la compagne d'un violeur.

J'aurais voulu lui répondre : tu te rappelles, dans la tente, avec tes putains de jupes longues, pleurant à chaudes larmes et me répétant je ne sais pas quoi faire, je ne sais pas quoi faire ! Une fillette de trois ans, et je me trouvais subitement face à cette femme calme, froide et placide comme Bouddha, les jambes croisées en tailleur, le ventre puissant, qui lâchait des phrases comme « la compagne d'un violeur ». Dans la lettre de la Commission, il n'y avait même pas le mot « violeur ». Il n'y avait que des figures mythiques. J'étais l'Agresseur. Celui qui agresse, qui perpétue la Violence. La fille en était la victime. Elle était la Victime. La Violence est ce genre de balle qui lui rebondit dessus sans qu'elle cherche à esquiver, pour ensuite, deux ans plus tard, s'apercevoir qu'elle est couverte de bleus. Et avant, où étaient les bleus ? Avant, elle ne savait même pas qu'elle pouvait esquiver.

La compagne

Quand j'ai découvert que j'étais enceinte, le ciel était blanc. À Miden, le ciel est toujours blanc, alors il est difficile de donner un arrière-plan aux souvenirs. Mais la lumière change. Ce jour-là, la lumière était laide, et pourtant je l'ai oubliée. Des matinées entières peinaient à s'imprimer dans ma mémoire, il ne restait plus que le sentiment de cette absence, l'effritement de la frontière entre le jour et la nuit. J'avais discuté avec quelqu'un au marché, mais que nous étions-nous dit ? Y avait-il des poissons aux yeux plus brillants que d'habitude ? Une courge que j'aurais aimé acheter ? Je ne me souvenais plus de rien. Pourtant, la fille ne m'a pas parlé de refoulement. Dommage. Parce que c'était devenu l'un de mes sujets préférés depuis que je vivais à Miden. J'écrivais beaucoup de mails parlant de ce que je refoulais. Mes amis me répondaient par des phrases passionnées sur l'importance de couper les ponts avec le passé. Voilà un autre sujet intéressant. On coupait continuellement les ponts, comme si nous avions tous un passé particulièrement impétueux ou digne d'intérêt. On peut affronter de nombreuses conversations, me semble-t-il, en se retranchant derrière cette idée. On n'arrive jamais nulle part, on peut donc continuer ainsi pendant un moment et moi – par exemple –, j'ai le temps nécessaire pour remettre de l'eau sur le feu et faire davantage de thé. Ce n'était pas possible avec la fille. Premièrement, parce qu'elle ne parlait pas de refoulement ; et deuxièmement, parce qu'elle n'avait pas encore bu la moindre gorgée.

– Comment l'as-tu su ? ai-je demandé à la fille.

– Je l'ai compris.

– D'accord, mais comment l'as-tu compris ?

– Grâce à la Commission.

Miden est organisée en Commissions. De nombreux chercheurs viennent ici pour analyser le fonctionnement des Commissions. Ça avait commencé par des discussions autour de la politique par la base, des poussées telluriques venant des entrailles de la Terre. C'était après l'Effondrement, qui, comme tout Effondrement, provenait de hauteurs vertigineuses. Mon compagnon n'avait pas participé à la création des Commissions, il a emménagé plus tard, « mais on respire toujours cet air », m'écrivait-il dans ses mails. Il y a beaucoup d'airs que je n'ai pas eu le temps de respirer, d'autres se dispersent ou se consument pendant que j'essaie d'écrire cette histoire. Quand je suis arrivée à Miden, les Commissions existaient déjà, et rien n'existait en dehors des Commissions. Si vous êtes citoyen de Miden, vous êtes membre d'une Commission. Si vous ne voulez pas la choisir, elle vous sera assignée. Je fais partie des Pesticides Naturels. Lorsque les chercheurs arrivent à Miden pour analyser le fonctionnement des Commissions, ils respirent ce qui reste de cet air qui les a précédés et rentrent chez eux avec le même constat amer : « C'est un mécanisme qui peut uniquement fonctionner dans une petite communauté. » Les habitants de Miden sont convaincus que les raisons sont plutôt à chercher dans leur ADN. Une structure génétique particulièrement vertueuse et créative. Ils ne savent pas comment expliquer autrement pourquoi l'Effondrement a mis des pays entiers à genoux, alors qu'eux sont sortis des eaux profondes avec la splendeur d'une Vénus. « Nous n'avons pas retroussé nos manches », m'a confié le responsable du département où mon compagnon enseignait, lorsque j'avais en tête d'écrire un article comparatif sur l'Effondrement, « nous avons choisi un nouvel habit, plus beau et sans manches ». Les habitants de Miden aiment parler par images. Selon eux, l'inspiration poétique est une autre des composantes de leur ADN. Dans les dîners, il y a toujours quelqu'un pour ressortir l'évolution naturelle de leur lignée depuis l'époque des légendes. Ils se pensent les descendants du Mythe et les dieux sont toujours là, à les observer avec ferveur depuis le ciel blanc. Personnellement, je ne vois aucune différence entre la conclusion à laquelle sont arrivés les spécialistes et une explication purement génétique. Les Commissions fonctionnent dans une petite communauté, et Miden est une petite communauté, si jalouse de son ADN que des étrangers comme moi sont accueillis avec un grand enthousiasme, à condition de ne pas dépasser la limite fixée par la Commission Accueil.

Je n'ai jamais écrit cet article sur l'Effondrement, ni aucun autre. Depuis mon arrivée à Miden, je n'écrivais que des mails, l'inspiration poétique n'avait pas encore contaminé mon ADN, même si ces mails étaient assez prétentieux.

Le compagnon

Avoir une histoire avec une élève n'est jamais une bonne idée. Il y a bien une raison pour laquelle c'est toujours déconseillé. À ma décharge, je peux dire que j'étais un jeune professeur ou, pour faire dans le pathos, un professeur novice. Qui plus est, à Miden, en terre étrangère, j'avais besoin de chaleur. À cela, je peux ajouter d'autres circonstances atténuantes plus convaincantes. J'enseignais la philosophie dans une Académie d'art. Mes étudiantes étaient très intéressées par la matière. Elles étaient persuadées que cela rendait leurs discours décousus plus intéressants, et rivalisaient pour glisser deux ou trois concepts à la saveur philosophique dans leurs manifestes artistiques. En définitive, je crois que c'était mon rôle au sein de l'Académie, débiter des maximes à recycler dans les manifestes. Pourquoi y avait-il plus de filles que de garçons ? Je ne sais pas. Dans une de mes classes, par exemple, il n'y avait que trois garçons. Pour le reste, une assemblée de filles qui m'écoutaient avec intérêt. J'ai baisé l'une d'elles. Soit. Statistiquement, il était presque impossible de ne pas le faire, même sans cette histoire de chaleur. Et la vraie erreur n'était pas celle-là, c'était d'avoir repris mes esprits et de l'avoir quittée. Une fois qu'on a commencé quelque chose de mal, autant aller jusqu'au bout. Cette soudaine prise de responsabilités n'est qu'une mascarade, et il est normal que j'en paie les conséquences. Mais je pensais les avoir payées : la fille me manquait tellement. Et en effet, je gardais encore ses sous-vêtements. Elle avait abandonné mon cours, mais je la croisais à l'Académie. Elle détournait la tête, ne me saluait pas. Ça lui passera, pensais-je. Et pendant ce temps-là, je rêvais toujours d'elle. Je n'avais pas imaginé que c'était à moi que ça ne passerait pas. Je n'ai jamais pensé être amoureux d'elle, jusqu'au jour où j'ai rencontré ma compagne et en suis tombé amoureux. Je ne sais pas pourquoi l'idée d'aimer deux personnes à la fois, plutôt qu'une seule, me fascinait. Je ne pensais pas être amoureux de la fille avant de tomber amoureux de ma compagne, et je suis tombé amoureux de ma compagne qu'après avoir pris conscience que j'étais peut-être amoureux de la fille. Cette explication ne tiendrait pas face à la Commission. Ou du moins, ce ne serait pas un argument très recevable. Quoi qu'il en soit, oui, j'ai fait tout ce qui est écrit dans la lettre. Je veux dire nous avons tout fait, car il faut bien être deux. Une fois même trois : moi, la fille, et une autre fille. Jamais d'orgies, mais ça aurait peut-être été préférable : au moins, j'aurais eu des témoins.

La compagne

La fille m'a tendu la lettre de la Commission et a croisé les jambes, comme si ce geste lui avait permis d'entrer enfin dans l'âge adulte. Elle a levé sa tasse en buvant sa première gorgée de thé tiède.

– Prenez votre temps pour la lire, m'a-t-elle dit.

– Là, maintenant ? ai-je demandé, me sentant soudainement sur le banc des accusés.

– Oui, a-t-elle confirmé.

– Je ne sais pas si je vais réussir à tout comprendre…

– C'est la version en langue internationale, m'a-t-elle interrompue avec sollicitude.

J'ai éteint la musique et je me suis isolée dans la chambre pour lire. La fille m'a regardée partir en me faisant un signe de tête qui pouvait aussi bien être du consentement que de la compassion.

La lettre faisait trois pages.

Mon compagnon et moi n'avons jamais eu de problème à parler de sexe. Cela nous excitait même au début. De nous deux, j'étais la plus loquace, même si j'avais toujours tendance à travestir ma voix – tantôt aiguë comme celle d'une adolescente de douze ans, tantôt rauque. On ne se disait rien d'extraordinaire : je pouvais lui raconter d'anciennes aventures plus ou moins véridiques, histoire de jouer la salope, ou au contraire faire comme si c'était la première fois, ou encore lui demander de me maintenir les bras, de me bander les yeux ou de jouir sur mon visage, des choses de ce style. Il m'est aussi arrivé de prétendre être l'une de ses élèves. Ou plutôt, il lui est arrivé de me le demander. « Alors, quelle est la signification de noumène ? » m'interrogeait-il. Je le regardais en simulant le vide total et il jouait le rôle du professeur sévère et pervers. Il me donnait la fessée, me punissait. Il m'a sodomisée avec un objet pseudo-didactique. Je sais, raconté ainsi, ça paraît ridicule de s'exciter avec des choses de ce genre, mais ça fonctionnait bien. Je n'ai donc pas été étonnée de lire la liste de leurs pratiques établie par la Commission. Je ne nie pas qu'il m'ait été désagréable d'en lire les détails, pas tant parce qu'il s'agissait de séances de baise entre mon compagnon et une autre femme, mais parce qu'elles étaient identiques aux nôtres. N'était que la fille avait un avantage – ou un inconvénient : elle n'avait pas eu à prétendre être son élève, elle l'était. Mon compagnon était « l'Agresseur », elle était « la Victime ». À la dernière page, la liste s'arrêtait et un diagnostic était établi : TRAUMA n° 215.

À Miden, il existait une Commission spéciale, chargée de définir et d'évaluer la pertinence d'un traumatisme donné, divisée en sous-commissions en fonction du contexte clinique. L'examen pour devenir une citoyenne de Miden à part entière comprenait une partie sur la connaissance approfondie du Code Traumatique. Je n'avais pas encore commencé à réviser pour l'examen, il me restait encore un an. Par conséquent, en toute honnêteté, je n'avais aucune idée de ce que pouvait être le TRAUMA n° 215.

Quand je suis retournée dans le salon, la fille s'était levée et allait et venait la tasse à la main. Elle s'était arrêtée devant une photo de mon compagnon et moi prise l'été de notre rencontre. En général, je n'expose pas de photos, mais celle-ci est particulièrement belle. Enfin, c'est ce que l'on croit quand on est à son avantage sur une photo.

– C'est vous ? m'a demandé la fille comme si le cliché datait d'il y a vingt ans.

– Oui, ai-je répondu. J'avais les cheveux plus longs.

Elle l'a fixée, hochant la tête comme si elle essayait de déterminer mon degré d'auto-indulgence.

– Cela me met mal à l'aise de voir une photo du professeur, a-t-elle commenté.

– Tu es chez lui, ai-je souligné.

Je suis revenue m'asseoir dans l'espoir qu'elle le fasse aussi.

– Écoute, ai-je repris, moi aussi je commence à me sentir mal à l'aise. J'avoue que lire cette lettre n'a pas été agréable…

– Oui, mais c'était nécessaire.

– Pourquoi ?

– Vous faites partie des témoins.

Le compagnon

Ma compagne avait été désignée comme témoin. Pas besoin d'orgies, ils avaient pensé eux-mêmes à trouver des témoins. Cinq collègues, un homme et quatre femmes. Et cinq êtres chers, classés en fonction du degré de proximité et d'interaction avec votre serviteur, selon les paramètres établis par la Commission : 1) implication sentimentale ; 2) fréquence des rencontres ; 3) affinité d'intérêts ; 4) écart générationnel ; 5) appartenance à la même Commission (j'appartenais à celle des Pesticides Naturels comme ma compagne ; cela nous faisait rire et nous avions décidé ensemble de nous y inscrire). Les témoins auraient à répondre à des questions concernant ma vie à Miden, mes aptitudes relationnelles, ma vision du monde. Ils n'étaient pas obligés de donner leur avis sur ma culpabilité mais devaient dresser mon portrait émotionnel et comportemental afin d'aider les membres de la Commission à se prononcer. J'avais été accueilli dans une communauté, et la question était la suivante : étais-je toujours digne d'en faire partie ? Il n'existe pas de citoyens indignes à Miden. Si j'étais reconnu coupable, je serais expulsé. Le germe de violence qui se nichait en moi aurait risqué de compromettre le tissu social. Cela fonctionnait un peu comme les vaccins : si l'immunité collective faisait défaut, nous aurions tous été en danger. Un Agresseur doit être écarté pour éviter de nouvelles épidémies, la résurgence d'une maladie vaincue.

Je n'avais pas le droit d'approcher la fille, de lui parler. Je pouvais discuter avec les témoins, mais ils devaient en référer si je tentais de polluer l'impartialité de leur jugement. Dans ces conditions, il n'était pas très agréable de bavarder. Le plus triste, face à cette liste de personnes, c'était de m'être rendu compte que je n'avais pas le moindre ami à Miden. Ou peut-être n'était-ce pas ça : le plus triste, c'était de formuler des pensées aussi puériles. Si j'avais quitté mon Pays, c'était entre autres à cause des personnes qui tenaient ce genre de discours. Le soir, ils sortaient avec quelques amis, se soûlaient à mort, puis se retrouvaient le lendemain matin à ruminer leur vie de merde : « Je n'ai même pas d'ami. » Ils y pensaient parfois le soir même, regardant autour d'eux avec l'air épuisé de celui qui a déjà sa valise bouclée. Pour certains, c'était vraiment le cas. Pas pour moi, je l'ai faite quand je suis parti. Quoi qu'il en soit, aucun de ces témoins ne m'inspirait l'amitié. Je ne suis pas une personne difficile, je ne suis pas snob, je me lie avec n'importe qui, je m'amuse, je m'ennuie, je fais tout ce qu'il y a à faire, mais, autant brandir un cliché : l'amitié, c'est autre chose. Mon meilleur ami est parti deux mois avant moi, avec ma petite amie. Enfin, techniquement, au moment où ils sont partis, elle n'était plus ma petite amie, mais une semaine avant, elle l'était encore. Une semaine avant, nous étions chez moi, elle avait la tête sur mes genoux et l'air terrifié : « Je me sens seule ici. Je n'ai personne. » Et moi de lui répondre : « Comment ça, tu n'as personne ? Je suis là, moi. » Je me demande pourquoi je me retrouve toujours à jouer ce rôle. C'était pareil avec ma compagne. Je dois avoir le charme de la dernière chance.

La compagne

La Commission avait préparé un questionnaire sur ma relation avec mon compagnon. La fille m'avait seulement demandé d'être sincère et m'avait donné l'adresse mail de la directrice de la Commission au cas où j'aurais eu des questions à lui poser.

« Si vous préférez, m'a-t-elle proposé avec une soudaine gentillesse, je lui dis de passer vous voir. »

Je connaissais la directrice. Mon compagnon me l'avait présentée peu après mon arrivée. Au début, il s'inquiétait de mes faibles aptitudes sociales. Ou peut-être se faisait-il simplement l'écho de la peur de tous les autres. À Miden, personne n'avait rien contre deux cœurs partageant le même foyer – ou même un cœur solitaire. Et pourtant, on sentait planer le poids d'une idylle plus grande et plus généreuse : le Rêve de Miden, qui réclamait son tribut d'amour universel. Je n'avais jamais rejoint l'un des groupes spontanés qui s'organisaient pour passer ensemble son temps libre. Même mon compagnon ne faisait partie que de deux groupes et, qui plus est, celui de la piscine n'avait pas vraiment été un choix délibéré puisque l'université lui fournissait des entrées gratuites. L'autre était celui des amateurs de vin. J'y serais bien entrée moi aussi mais, premièrement, je ne voulais pas paraître collée à lui ; et, deuxièmement, le vin de Miden était imbuvable. Il y avait aussi les amateurs de thé : chaque matin, je me réveillais avec la ferme intention de m'y inscrire. Mais je manquais d'aisance, je parlais encore en langue internationale, ça aurait été paradoxal d'entrer dans un groupe d'amateurs sans pouvoir en saisir les nuances, les secrets. Bref, mon compagnon m'avait présentée à la directrice « avant que ça se sache ». L'expression est devenue incontournable dans ma vie après la visite de la fille. Depuis ce jour, il semble que, par principe, *ça* se sait. On ne peut pas dire que la directrice et moi-même soyons devenues amies, mais nous avons pratiqué quelques activités ensemble. Le jeudi, par exemple, nous allions au cinéma. Aucune de nous deux n'était particulièrement douée pour commenter le film après la séance, aussi nous bornions-nous à réaffirmer le plaisir de ce rendez-vous hebdomadaire, évoquant avec une fausse nostalgie l'époque des projectionnistes et nous plaignant parfois des spectateurs qui murmuraient pendant le film. Un après-midi, nous sommes même allées au hammam. Nous avons discrètement jaugé nos corps nus. À l'exception de ma chatte, le mien était pratiquement imberbe, le sien était tout l'inverse. Puis nous nous sommes allongées sur les divans à l'entrée pour lire à haute voix les horoscopes des magazines people en essayant de trouver la chose amusante. Je ne comprenais que la moitié de ce que je lisais et ce qu'il y avait de drôle m'échappait, j'ai donc ri plus que je n'aurais dû. Après avoir manqué notre rendez-vous cinéma deux jeudis d'affilée, nous avons arrêté de nous fréquenter. Si nous tombions l'une sur l'autre dans la rue, nous ne manquions pas de nous assurer que nous nous appellerions bientôt. Mais ni l'une ni l'autre ne le faisait. La plupart de mes relations à Miden étaient ainsi.

Mais peut-être que la plupart des relations sont ainsi où que l'on soit dans le monde. Le seul inconvénient, c'est que l'on tombe souvent les uns sur les autres à Miden.

Cela dit, il n'y avait aucune raison d'écrire un mail à la directrice car le questionnaire était très simple. J'aurais souhaité des questions plus insidieuses, histoire de rester quelques secondes le stylo à la bouche, perdue dans mes pensées, comme j'aimais le faire quand j'essayais d'écrire. En réalité, ce questionnaire ridicule m'a presque offensée. On aurait dit qu'il s'adressait à une débile. « Nous n'agressons pas une femme enceinte », semblait-il suggérer. Pour le coup, cela m'a donné envie d'écrire à la directrice. Lui dire que la vue de son corps velu au hammam était répugnante. Que je m'étais efforcée à le regarder parce que ne pas le faire aurait été encore plus embarrassant. Que l'idée que ses toxines aient pu s'attacher par mégarde à ma peau me dégoûtait. Que l'odeur de son souffle à côté de moi quand elle me lisait l'horoscope – pourtant atténuée par le thé au gingembre qu'on nous avait offert – avait un parfum de chou. Que, si elle voulait vraiment savoir, je trouvais le souvenir de cet après-midi bien plus repoussant que l'image de la fille enculée par mon compagnon…

Le compagnon

Les témoins étaient tous d'accord sur un point : je n'aurais jamais dû entamer cette histoire. « C'était une de tes *étudiantes* ! » me serinait-on, comme si cette idée se suffisait à elle-même. Mais l'histoire avait commencé, et était même terminée, je ne voyais donc pas l'intérêt de revenir sur la question. Pourtant, par la force des choses, c'était exactement ce que j'étais obligé de faire, puisque mes rendez-vous avec les témoins consistaient à passer au crible ce qui était devenu « vraiment une sale histoire ». Comme l'a définie par exemple mon collègue d'anatomie artistique. Elle a aussi été belle, lui ai-je fait remarquer, et lui de secouer la tête, comme vous le feriez devant un élève aussi borné que récidiviste, un élève à qui l'on ficherait des coups de pied si c'était permis – de toute façon, mon collègue ne pouvait pas comprendre qu'un professeur de philosophie puisse lui sortir un concept aussi vermoulu de la beauté. Et par conséquent, il ne pouvait pas comprendre non plus ma présence à l'Académie. Pourquoi étudier la philosophie si vous souhaitiez être artiste ? Un doute plus que légitime, d'autant que j'avais le même. Mis à part notre vision commune de la finalité ultime de mon rôle (que je n'ai jamais eu la complaisance de partager), lui et moi ne nous appréciions pas beaucoup. Mentionner la fable du Renard et des Raisins peut paraître de mauvais goût, mais je suis sûr que mon collègue crevait de jalousie quand il a appris que je baisais la fille. Et j'ai mes raisons de le croire. Il s'était démené comme un fou pour lui organiser une épouvantable exposition dans la galerie d'un ami, forçant tous ses collègues à assister au vernissage, comme à une soirée d'entreprise. Ses œuvres emplissaient à peine la moitié de la pièce et, pour le reste, une flopée de verres de vin et d'étudiantes sur leur trente-et-un, selon le concept *artistique* du trente-et-un. La fille portait une robe en lamé lui moulant les fesses et un gilet de grand-mère. Ce soir-là, à moitié soûl, il lui avait fait des avances. C'est elle qui me l'avait raconté quand, chez moi, une heure après l'inauguration, elle avait finalement enlevé son gilet et me chevauchait vêtue de sa robe en lamé. Et pourquoi tu n'as pas cédé à ses avances ? lui avais-je demandé. Il pourrait t'arranger une autre expo. Elle m'avait traité de connard tout en riant, puis avait ajouté que mon collègue la faisait flipper, avec sa pomme d'Adam toujours rougeâtre, comme une couille écorchée. Elle me sortait toujours des trucs de ce genre pour me rendre fou. Je lui avais ordonné de la lui toucher la prochaine fois et de me dire l'effet que ça lui ferait. Résultat, en plus du connard, elle m'avait donné du pervers, en me léchant la gorge puis en suçant ma pomme d'Adam – c'était un truc génial, ça me donnait vraiment l'impression d'avoir une bite sous le menton, et elle avait commencé à mouiller sur mes jambes. Heureusement, cette anecdote n'apparaît pas dans la liste de nos pratiques. Peut-être qu'elle aussi en avait honte. Elle avait pourtant en tête de faire une sculpture, *La Couille écorchée*, et de me l'offrir en guise de scalp.

La compagne

J'ai fini de répondre au questionnaire. J'avais l'impression que j'aurais pu répondre indifféremment par oui ou par non à toutes les demandes, sans avoir à mentir pour autant. Quand nous avions baisé pour la première fois, mon compagnon et moi, nous étions tellement défoncés que, cette nuit-là, mes sensations n'avaient fait que changer. Son visage qui allait et venait au-dessus de moi m'avait subitement paru monstrueux, et l'instant d'après je lui caressais la joue comme à un enfant. Son corps changeait de forme et de proportions, son odeur était horrible et irrésistible à la fois, son expression lubrique m'avait dégoûtée puis excitée. Même ses yeux changeaient constamment – un regard stupide puis profond, lointain et très proche. J'avais l'impression de baiser avec un inconnu puis j'étais émue par la familiarité de son étreinte. Je pouvais sentir la mauvaise haleine de l'alcoolique et goûter la sensualité du whisky sur ses lèvres. J'avais eu peur en entendant le claquement de sa main sur ma cuisse et j'avais sucé ses doigts sortis de ma chatte.

Vous êtes-vous jamais sentie abusée par votre compagnon ? me demandait la Commission. Parfois, je ne voulais que ça, me sentir abusée. Par mon compagnon, par la vie, par l'enthousiasme, et même par l'opposé, le désespoir, l'alcool, la drogue, quelque chose qui m'envahirait violemment. Ou bien en douceur. Peu importe comment. Tellement de gens décrivent leur vie en ces termes. Ils succombent à quelque chose. Puis ils en sortent. Ils condamnent et regrettent leur damnation. À les entendre, il s'agit toujours d'un amour fantastique, de la plus belle histoire d'amour. De nombreuses émissions de télé racontent ces histoires. L'ancienne alcoolique aux cheveux arrangés avec soin par le coiffeur, mais toujours un peu ébouriffés, qui regarde la caméra comme hallucinée, veillant à ne jamais cligner des yeux. L'alcool était son amant, son démon, son maître. Puis l'anorexique. D'autres démons. Et la toxico, bien sûr ! Puis le joueur compulsif (un homme), et enfin l'écrivaine qui avait peur de se suicider, parce qu'elle entendait des voix. Pour si peu, pensais-je. Au moins, tu entends quelque chose, tu sens une présence. Profites-en pour bavarder, aurais-je voulu lui dire. Mieux vaut sentir une présence que ne rien sentir du tout. Quoi qu'il en soit, non, je ne me suis jamais sentie abusée par mon compagnon.

Le compagnon

L'un des rares témoins à se montrer un peu compréhensif fut la monitrice de natation. Elle ne m'entraînait pas personnellement, seulement les enfants. Elle figurait sur la liste de mes amis. Quand j'allais à la piscine, j'aimais l'observer depuis ma ligne. De loin, ses jambes paraissaient tellement longues, une silhouette élancée et puissante, une sorte de statue musclée, luisante d'eau, les cheveux bien dissimulés sous un bonnet clair qui rendait sa tête tout aussi sculpturale. Mais en t'approchant, tu te rendais compte qu'elle était beaucoup plus petite que tu ne l'aurais imaginé – elle avait eu l'air d'une géante au milieu des enfants qui étaient encore plus petits. Et alors ses jambes retrouvaient leur juste dimension, elles conservaient leur beauté mais n'évoquaient en rien une statue. Je préférais donc la regarder de loin, sortant de l'eau, et contempler ses cuisses. J'ai toujours adoré aller à la piscine, davantage qu'à la mer. J'y risquais moins de voir saper mon esprit de compétition. Et me fichais pas mal de pêcher un poulpe à mains nues, j'étais pour une compétition clinique, propre, sans héroïsme. Même les femmes me plaisaient davantage en maillot olympique qu'en bikini fleuri sur les plages. Les formes étaient plus définies : les culs, les bras, les épaules constituaient une précise géométrie de solides. Il n'y avait rien de romantique à admirer ces corps, et cela me reposait, voir une nageuse filer à toute vitesse dans sa ligne, m'approcher, la dépasser au dernier moment, imaginer sa légère frustration quand elle effleurait du pied le bord du bassin pour se retourner et tenter de me rattraper. À la piscine de Miden, il y avait des nageuses exceptionnelles, et je présume qu'elles non plus n'auraient pas été passionnées par la vision d'un homme avec un poulpe à la main. Nous ne voulions pas nous salir avec du sable, sentir l'odeur pestilentielle des algues, nous brûler la plante des pieds sur les galets bouillants. Je n'ai jamais compris les amateurs de naturisme – nager nus en pleine mer, être en contact avec les éléments –, quand le plus excitant est l'abolition des frictions, les maillots moulants qui glissent dans l'eau bleu azur de la piscine. Je n'ai jamais voulu me sentir tel un poisson, mais plutôt telle une parfaite créature de laboratoire, me mesurant aux autres, gagnant ou perdant.

La monitrice de natation m'a battu plusieurs fois lorsque je l'ai défiée et, dans ces moments-là, j'arrêtais de penser à sa taille. Bref, pour revenir à notre sujet, elle s'est montrée bienveillante, elle a essayé de comprendre. Et même d'expliquer. C'est peut-être une déformation professionnelle, quelque chose d'intrinsèquement pédagogique car elle s'occupe d'enfants, ou bien – ai-je songé – se demandait-elle pourquoi je ne lui avais jamais fait d'avances, puisque après l'histoire de la fille j'avais soudainement acquis une réputation de coureur. Je n'ai jamais été un coureur. J'admire les belles femmes, comme tout le monde, mais je suis trop paresseux pour faire cet effort. Je n'aime pas l'idée d'essayer à l'aveuglette. J'aurais peut-être tenté ma chance avec la monitrice si nous étions restés à distance : moi dans ma ligne, elle de l'autre côté de la piscine.

Quand j'avais un groupe, avant Miden, notre morceau phare s'appelait *Distance sidérale*. Je jouais de la basse. J'aurais dû apprendre davantage de ces années.

La monitrice m'a expliqué ce que cela signifiait d'être une fille et de « tomber amoureuse » d'un professeur. Elle a utilisé cette expression, « tomber amoureuse » ; elle ne se préoccupait pas de me montrer de près la petitesse de ses jambes, mais elle maintenait une certaine distance grâce aux mots qu'elle utilisait. Quoi qu'il en soit, il n'est jamais question d'amour dans les pages de la Commission, je ne vois pas pourquoi un témoin met ça sur la table. Sur cet « amour », elle se montrait toutefois chaleureuse dans son questionnaire – peut-être l'avait-elle vécu elle aussi, ce qui expliquerait que la question lui tînt tant à cœur. Inutile de préciser qu'elle considérait qu'il s'agissait d'une sale histoire depuis le début. Sur ce point, j'étais devenu docile, je ne me plaignais plus et parfois lançais moi-même : *Mais qu'avais-je donc en tête ?* Puis j'opinais du chef avant que mon interlocuteur ne puisse le faire. Mais quand même, à quoi bon m'accuser de violence après tout ce temps ?

– Certaines choses ont besoin de temps pour être intégrées, m'avait-elle dit.

– O.K., avais-je répondu. Donc, peut-être que dans deux ans elle va intégrer autrement et il faudra tout recommencer.

– Alors on en reparlera dans deux ans.

– La vérité ne peut pas varier à l'infini.

Elle a réfléchi un moment.

– Je m'attendais à une approche plus dialectique de la part d'un professeur de philosophie, a-t-elle commenté d'un ton ironique. Il a fallu des siècles pour prouver que la Terre n'était pas plate.

– Cet exemple n'a rien à voir avec le sujet.

– Si, cela a à voir…

– Il s'agit d'une démonstration scientifique, pas d'une interprétation fondée sur la remise en perspective d'une…

– Allons, il n'y a pas besoin d'une démonstration scientifique.

– Tout juste, mais c'est toi qui as parlé de la Terre plate.

– On s'en fout de la Terre, peut-être qu'on découvrira un jour qu'elle est cubique !

– Eh bien, dans ce cas, il s'agira d'une fausse vérité.

– Mais ce n'est pas le sujet !

– Exactement, ce n'est pas le sujet !

– Le sujet, c'est une fille qui s'est sentie violée.

– Il y a deux ans, elle ne se *sentait pas* violée.

– Elle ne le comprenait pas. Enfant, tu ne comprends pas si ton père est violent, tu le comprends plus tard.

– Ce n'était pas une enfant et je n'étais pas son père.

– Tu étais son professeur !

La compagne

J'aurais aimé rappeler la fille. Je portais un petit être dans mon ventre, j'aurais pu me montrer plus maternelle. J'aurais pu lui expliquer certaines choses. Je n'étais pas une idéaliste, mais moi aussi j'avais des idéaux. Elle, elle est née à Miden, son père était l'un des fondateurs du Rêve. L'Effondrement l'avait à peine touchée, comme une migraine soudaine qui l'aurait tourmentée un matin pour disparaître dans l'après-midi. Pour moi, c'était différent. « Qu'es-tu en train de faire ? » lui aurais-je demandé. « Pourquoi le fais-tu ? » Devais-je me mettre au milieu de toute cette histoire ? M'autoriser à rester neutre ? « Pourquoi nous fais-tu cela ? »

Le plus énervant, c'est que la fille ne semblait plus du tout s'intéresser à mon compagnon. Ce n'était pas là une vengeance. De la part d'une amante trahie, déçue, frustrée ou ce genre de sophistication féminine. C'était un fait. Donc, à supposer que je veuille jouer mon rôle pleinement – l'inviter à déjeuner dans un bon restaurant où elle n'aurait autrement jamais mis les pieds, la mettre mal à l'aise, la dévisager alors qu'elle ne touche pas son assiette, exactement comme elle n'avait pas touché son thé, et lui demander : « Pourquoi nous fais-tu cela ? » –, cela aurait été plutôt ridicule, puisqu'elle ne le faisait pas contre moi, ni même contre lui, mais seulement « pour elle-même » comme elle me l'aurait répondu sur son ton insupportable. Et elle m'aurait de nouveau adressé ce regard vide, sans fond, capable de réduire à néant – j'en étais sûre – mon festin théâtral, le bon restaurant, mes cheveux détachés pour l'occasion et mon verre de vin rouge (contrevenant aux recommandations du médecin : « éventuellement, un demi-verre de blanc, mais jamais de rouge ». Comme s'il y avait une différence dans la merde qui se vendait à Miden. En plus, on sait que le blanc est plus nocif que le rouge).

Mais il y avait autre chose qui rendait cette question complètement inappropriée. Il ne me fallait pas beaucoup réfléchir pour comprendre que mon compagnon et moi avions depuis longtemps perdu le désespoir et l'étonnement nécessaires pour craindre qu'une attaque ne nous détruise. Il n'y avait rien à détruire. C'était une vérité plutôt rassurante. Nous ne nous battions contre personne. J'aime croire qu'il y eut un temps où c'était différent. Nous avions bien travaillé sur notre première rencontre. Parfois, j'avais l'impression que nous avions élaboré l'histoire à raconter à nos enfants : *Et c'est ainsi que maman et papa...* Nous avions alors tout ce qu'il fallait pour être crédibles et amoureux. La mer, la tente, l'aube sur Miden, le sexe, et le Pays que nous avions laissé derrière nous. Sans oublier tous nos mails. Nous en avions, et comment, de la matière pour nos enfants. C'était nous deux contre le reste du monde, leur aurait-on raconté. Il n'y aurait aucune raison pour qu'ils en doutent.

Le compagnon

La monitrice de natation m'a remercié. Je lui ai ouvert l'esprit, a-t-elle dit, avec cet exemple du père violent. En fait, c'était *son* exemple, ai-je souligné. Allez savoir d'où me vient cette envie de faire le sophiste, alors que ma vie part en couille. Ou « va aux putes », comme on dirait dans mon Pays : c'était l'une des expressions qui avaient suscité le plus de débats lors des réunions d'échange linguistique auxquelles j'avais participé après mon emménagement à Miden. Les réactions alternaient entre hilarité et indignation, convergeant le plus souvent dans un mouvement de stupeur honteuse, comme celui des jeunes ados qui découvrent pour la première fois qu'ils puent s'ils ne se lavent pas. La médiatrice de la réunion avait exposé sa théorie : après tout, il ne devrait rien y avoir de mal à aller chez les travailleuses du sexe si elles sont heureuses, paient leurs impôts et tutti quanti. Mais alors une expression comme celle-ci – avais-je fait remarquer – ne fonctionne plus. Ce serait : *Ma vie va faire un tour*, plus ou moins. La médiatrice y avait réfléchi un instant : « Et pourquoi pas ? Cela fait du bien de prendre un peu l'air. »

La monitrice de natation m'était reconnaissante car elle avait pu proposer à la Commission Relations avec des Mineurs d'envisager le TRAUMA n° 215 dans certains cas compliqués entre parents et enfants. Elle n'appartenait pas à cette Commission, mais les habitants de Miden éprouvent toujours une certaine fierté quand ils réussissent à établir des passerelles entre Commissions. Certains s'amusent ainsi à passer leur temps, à la recherche constante d'une bonne idée à proposer. Souvent, ils découvrent ensuite que quelqu'un d'autre l'avait déjà soumise. Ce sont des choses qui arrivent.

– Mais donc, le traumatisme doit survenir avant la dix-huitième année ? lui ai-je demandé.

Elle m'a regardé perplexe.

– Non, il n'y a pas de contrainte de temps.

– Alors il te faut chercher une autre Commission.

Elle était visiblement déçue.

– Je suis certain que tu la trouveras, l'ai-je rassurée, cela me semble une excellente idée.

La compagne

Je n'ai pas rappelé la fille. Mais j'ai décidé d'écrire dans mon journal ce jour-là. Cela aurait pu être ajouté aux pièces à conviction. Au moins, j'aurais eu quelques lecteurs. C'était un peu moins frustrant que de répondre au questionnaire. Et j'ai vraiment écrit une bonne page. J'espérais qu'ils en tiendraient compte. J'espérais qu'ils me demanderaient de continuer. Quelle que soit la fin de cette histoire, pensais-je, quelqu'un sera curieux de lire ma version. Je connaissais même un type à la Commission Édition. J'ai donc commencé avec cette courte page de journal. Je l'ai relue plusieurs fois. J'étais extrêmement satisfaite. Je pensais : après la grossesse, je pourrai recommencer à fumer, je pourrai m'asseoir là, dans le bureau de mon compagnon quand il sera à l'Académie et me mettre à écrire. Je relisais cette page et je pensais à moi sans ventre, sans thé, avec whisky et cigarettes. Des pages et des pages sur le bureau de mon compagnon. Nous l'aurions peut-être changé. J'aurais choisi au petit marché de Miden quelque chose qui a davantage vécu, plutôt que ce stratifié blanc. Une vraie table en bois. Pleine de veines. Chêne. Merisier. Noyer. Comme si je connaissais la différence.

Je n'ai plus rien écrit après cette belle page de journal.

Le compagnon

J'ai croisé la fille dans la rue. Violant l'interdiction, je l'ai arrêtée.

– Nous devons parler, lui ai-je dit.

– Je ne pense pas, non, a-t-elle répondu. En fait, tu ne *peux pas* me parler.

– Tu te rends compte que tout cela est absurde ?

– Tu te rends compte que j'ai été agressée ?

Elle parlait comme face à des spectateurs. Il n'y avait que moi dans la rue, devant le Jardin des Seniors. Allez savoir ce qu'elle faisait là-bas. Je n'avais jamais songé que les enfants de Miden pouvaient avoir des grands-parents. Mais ils en avaient, et ils étaient tous là-dedans. Je n'ai jamais rencontré de vieux à l'extérieur. Dans le Jardin, des silhouettes vêtues de blanc remplissaient des paniers de cerises. Les arbres fruitiers ne poussent pas à Miden, l'été dure à peine un mois. Des employés avaient dû mettre les cerises sur les arbres. En réalité, c'étaient des sapins.

– Moi, je t'aimais, lui ai-je dit.

La fille a rassemblé ses cheveux à l'aide de ses mains et s'est immobilisée, les coudes en l'air, sans aller au bout de son geste. J'ai vu les poils blonds sous ses aisselles, une écorchure de vélo sur le coude, et cela m'a ému. Il faisait froid, mais elle se mettait déjà en débardeur. En classe aussi, elle venait toujours en débardeur. Avec, par-dessus, une veste trop grande et informe, et en dessous ce petit morceau de tissu qui lui couvrait à peine les os. Elle est restée ainsi, en me fixant, comme si elle attendait autre chose. Puis elle a baissé ses bras minces.

– Et maintenant ? a-t-elle demandé.

– Plus maintenant.

– Je t'aimais aussi.

Nous n'aurions pas pu trouver une manière plus triste de nous le dire.

La compagne

Au lit, mon compagnon me caressait le ventre, il a laissé sa main là pour voir s'il pouvait sentir un mouvement. Je l'ai prise pour la faire glisser plus bas. J'ai commencé à me masturber avec et il m'a laissée faire.

– Je veux être la fille, lui ai-je dit.

– Quoi ? a-t-il répondu.

– Fais-moi ce que tu lui as fait.

Il a retiré sa main.

– Mais qu'est-ce que tu racontes ? a-t-il crié en s'asseyant sur le lit avec l'air de vouloir me gifler.

– Voilà, ai-je dit. Commençons par les gifles. Tu lui en donnais ? Ce n'est pas dans la lettre de la Commission. Il est uniquement question de fessées.

Je me suis levée et me suis mise à quatre pattes.

– Ne fais pas ta folle.

– Je veux savoir ce que ça fait d'être violée, ai-je continué.

– Je ne l'ai jamais violée ! a-t-il hurlé en se levant.

Je me demande où il pensait aller. Il a fouillé dans le tiroir de la table de nuit comme s'il cherchait des cigarettes, mais il ne les met jamais là. Ce n'était pas facile de fouiller un tiroir vide.

Je suis restée à quatre pattes sur le lit, mon ventre frôlant le matelas.

Quand j'allais me promener dans Miden, je rencontrais beaucoup de mères avec leurs nouveau-nés. Je les voyais se pencher au-dessus des poussettes le dos bien droit, parfaitement plié à quatre-vingt-dix degrés, comme on l'enseigne au yoga. J'ai assisté à quelques leçons de yoga au début de ma grossesse. La sollicitude de la professeure était insupportable : j'étais enceinte et étrangère, elle me traitait comme un panda. Alors j'ai arrêté.

Toujours à quatre pattes sur le lit, je me suis regardée dans le miroir accroché au mur. Parfois, nous l'utilisions pour nous exciter, même si ça ne m'a jamais beaucoup excitée de me voir baiser. Mais mon compagnon aimait. Il me prenait par les cheveux et me forçait à regarder. Je le faisais, mais je ne voyais rien de séduisant dans mon visage rouge et gonflé – apparemment lui, si. J'ai enlevé ma chemise de nuit et je me suis remise à quatre pattes pour me contempler dans le miroir. J'ai essayé de m'étirer le dos. J'avais les épaules voûtées et les bras dépourvus de muscles. J'ai levé la tête pour observer mon compagnon qui était toujours près du tiroir.

– Je veux être la fille, ai-je répété.

– Arrête ça, a-t-il rétorqué.

– Je fais partie des témoins, j'ai besoin de comprendre.

Il s'est approché du lit et m'a tiré par le bras pour me faire lâcher ma posture. Je suis tombée étendue sur le côté. Je me regardais toujours dans le miroir. En position fœtale, j'étais plus décente. On ne voyait que le ventre, la clémence et la force de ces jours.

Le compagnon

Nous nous étions couchés tard ce soir-là. Pendant le dîner, ma compagne s'était servi deux verres de vin. Je n'aime pas être celui qui surveille, devoir faire appel au bon sens. Deux verres de vin, me suis-je dit, ça va, ce n'est pas la mort. Mais ensuite, après dîner, elle avait continué avec un petit verre de whisky. Je ne lui ai rien dit, je lui ai juste lancé un regard qui me semblait éloquent, comme un vrai connard. Avec ce genre de regard, on suscite en général la réaction inverse, et ça n'a pas manqué puisqu'elle s'est resservi un grand verre de whisky, qu'elle a avalé cul sec, alors que je restais à siroter le mien.

– Comment fais-tu pour encore profiter des choses ? a-t-elle demandé, comme s'il y avait eu un préambule à sa question, comme si nous avions eu une discussion à ce sujet, et même comme si nous ne faisions que discuter de ce sujet.

Mais quel était-il donc ?

Nous sommes allés au lit contrariés, mais j'avais désespérément besoin de chaleur. Je me suis blotti sous les couvertures, la couette remontée jusqu'au nez. Parfois, j'ai ces moments de régression, j'imagine que je ne suis pas le seul, ça arrive à tout le monde. Je voulais juste rester là, à côté d'elle, la serrer contre moi, profiter de la chaleur de ce lit familier. Moi qui réussissais à profiter encore des choses. J'ai tendu une main vers son ventre pour tenter de sentir les mouvements du bébé. D'habitude, je ne sens rien, mais ça me détend. C'est un exercice de méditation. Je ferme les yeux, je sais que je suis là, avec eux deux. Je n'ai rien senti.

La compagne

Mon compagnon s'est allongé près de moi, derrière moi. Il m'a enlacée. Nous sommes restés ainsi pendant quelques instants, comme deux amoureux dans une publicité pour matelas. Je sentais son souffle sur mon cou.

– Nous pourrions repeindre cette pièce, m'a-t-il dit.

Il devait penser que c'était une manière très tendre de changer de sujet. En général, ce sont les femmes qui sortent ce genre de choses au débotté, comme si elles en avaient toute une série entreposée quelque part : « Nous pourrions aller nous promener au lac », « Nous pourrions revoir ce film muet si drôle », « Nous pourrions acheter une jolie lampe pour le salon ».

Rien ne clochait dans la couleur des murs. Ils étaient blancs.

– Pour le bébé, a-t-il ajouté.

Je n'ai aucune idée de comment un nouveau-né perçoit les couleurs, mais je crois que dire *pour le bébé* avait une portée beaucoup plus large et plus significative. Dans le miroir face à moi, je voyais la jambe de mon compagnon au-dessus de la mienne. Son pied fuselé et nerveux porte les sandales à merveille. Certains hommes ne peuvent pas se le permettre, mais à lui elles vont parfaitement.

Dans la lettre de la Commission, il y a trois pratiques impliquant les pieds : mon compagnon avait marché sur la fille ; elle les lui avait léchés ; il l'avait masturbée avec son pied.

– À quelle couleur pensais-tu ? lui ai-je demandé.

– Bleue, ou turquoise.

Avant d'arriver à Miden, j'avais souvent déménagé. Je vivais avec d'autres personnes, des étudiants ou de jeunes travailleurs, des chiens puis des chats. Dans chaque maison, il y avait une pièce aux murs turquoise. Ou plus exactement, dans chaque maison, il y avait une pièce aux murs d'un bleu quelconque, que l'occupant d'alors qualifiait de turquoise. Une variante était le pervenche.

– Si tu me marchais sur le dos, maintenant, ai-je repris, penses-tu qu'on pourrait considérer cela comme une violence ?

Mon compagnon est resté silencieux, son souffle sur mon cou se faisant plus fort.

– Si tu me marchais sur le ventre, ai-je continué, on pourrait considérer cela comme une forme de violence ?

– Je dirais que oui, a-t-il répondu.

Il faisait un effort pour rester calme.

– Et si j'étais consentante ?

– Nous serions deux idiots, a-t-il dit.

Le compagnon

J'ai repensé à ma vie avant Miden. Avant la fille. Avant ma compagne. J'ai pensé à mes amis. Aux soirées où nous imaginions comment nous allions percer avec notre musique. J'ai pensé à mes parents. À mes grands-parents aussi. J'ai pensé à leur vieillesse. J'ai pensé au père de mon père, à ses histoires de guerre, à la fois où il avait mangé une merde de chien en espérant que ce soit un morceau de pain rassis. J'ai pensé qu'il n'avait jamais cueilli de cerises sur un sapin. J'y ai cherché la chaleur dont j'avais besoin cette nuit-là. Je ne l'ai pas trouvée.

La compagne

Je n'ai jamais été piétinée par mon compagnon. C'est une des pratiques de la lettre que nous n'avions pas essayée. Je me demandais comment il avait fait avec la fille, qui était une vraie brindille. Comment ne lui avait-il pas cassé le dos ? Comment parvenait-il à se maîtriser en pleine excitation ? Quelle attention emplie d'amour pour choisir les points où enfoncer le pied sans faire de dégâts : la cuisse, à la limite l'abdomen, mais pas le thorax. Ou peut-être qu'elle lui tournait le dos, dans ce cas le cul, mais il ne pouvait pas marcher sur ses vertèbres sans redouter le pire. C'était émouvant un tel soin, tellement émouvant que j'aurais voulu me fracturer les vertèbres, l'une après l'autre. Mais je n'étais pas comme ça. Je n'étais pas cette fille possédée par les démons. Ma pire damnation était un verre de whisky de trop pour faire enrager mon compagnon. Le démon casse-vertèbres, le démon qui te tranchait les poignets, le démon qui venait te mettre la tête dans le four ou te réveillait à 4 h 48, n'avait jamais pris la peine de me regarder.

Le compagnon

J'ai écrit à la fille. Je ne savais pas quelles pourraient être les sanctions, enfin j'aurais pu le savoir si je les avais lues mais, si je les avais lues, je ne lui aurais pas écrit. C'est ce qu'on appelle un raisonnement rigoureux.

Il m'était plus facile d'écrire une lettre du post-amour. De ce qui a été perdu. Nous sommes davantage habitués à ces sentiments, ou nous sommes plus expérimentés. Ou peut-être simplement que le regret prend une densité intéressante.

J'ai aussi écrit des lettres d'amour dans ma vie, quand j'étais plus jeune. À l'université. Je les bourrais de citations – cela dépendait de l'examen que j'étais en train de préparer. Et j'ai écrit des chansons d'amour. Mais il y avait alors d'autres choses à prendre en compte, le sens du rythme, les paroles qui sonnaient plus ou moins bien.

Elle m'a répondu :

Je me demande comment cela aurait été s'il ne s'était pas produit ce qu'il s'est produit. Comment ce serait maintenant. Mais c'est une pensée impossible, parce que désormais le traumatisme fait partie de mon identité. Et tu ne me reconnaîtrais plus. Je ne suis plus celle que j'étais.

Je me demande aussi à quoi ressemblera l'avenir, si jamais nous nous reverrons. Si tu es condamné, tu devras quitter Miden. Et je ne pense pas que j'irai te chercher. J'ai pensé aussi à une chose : dans de nombreuses années, j'aurai guéri. Deux adultes ? Deux vieux ? Comment ce sera alors ?

Ne m'écris plus jamais. Tout cela sera exposé au procès. Ta lettre est déjà dans le dossier.

Elle avait raison, peut-être ne l'aurais-je pas reconnue. Pas à cause du traumatisme. Elle était devenue rusée. J'entendais chaque mot mesuré pour la Commission, mais c'était une lettre sincère. Elle se demandait à quoi aurait ressemblé l'avenir, moi je le voyais déjà, là, le futur : ce n'était plus une jeune fille. Quant à la guérison, il ne me semblait pas qu'il y ait quelque chose à guérir.

La compagne

Ce matin-là, il y avait du soleil à Miden, aussi pâle qu'un mormon, mais suffisamment pour porter une paire de lunettes noires.

J'ai fait un tour au marché, j'ai acheté un thé aux baies de genièvre et un pyjama turquoise pour le bébé, comme la couleur qu'il ne verra jamais sur les murs.

J'avais une irrépressible envie de fumer, alors que je n'avais pas touché une cigarette depuis le premier jour de ma grossesse.

La buraliste m'a fait essayer les nouveaux goûts de cigarettes aux plantes : noisette, sureau, myrtille. À Miden, les cigarettes normales ne peuvent être exposées, et elles coûtent quasiment le prix d'un dîner au restaurant. J'ai demandé un paquet. Je ne savais pas à quelle Commission appartenait la buraliste, alors j'ai expliqué par précaution :

– C'est pour mon compagnon. Il fait de son mieux, mais il n'arrive pas à arrêter.

Elle m'a adressé un sourire compatissant puis est allée dans l'arrière-boutique chercher les cigarettes. Alors que je sortais l'argent pour payer, elle m'a demandé :

– Mais votre compagnon est…

J'ai hoché la tête sans la laisser finir sa phrase.

– Je suis désolée, a-t-elle dit.

Elle m'a lancé un regard inquiet, comme si elle ne savait pas quoi faire de ses yeux.

– Vous ne devriez pas lui acheter de cigarettes, a-t-elle ajouté.

– C'est une situation compliquée, ai-je répondu.

– Bien sûr, a-t-elle acquiescé.

Après la buraliste, ont suivi toutes les autres. J'ai commencé à porter mes lunettes de soleil même quand la lumière était grise. « Si vous avez besoin de quelque chose… » me disaient-elles sans poursuivre leur phrase. Je souriais, essayant de ne pas entamer la conversation. Je dois dire qu'elles non plus ne tenaient pas vraiment à discuter. C'était toute une pantomime de regards plus profonds et de gestes plus gentils qu'à l'accoutumée. Pour faire mes courses, je mettais le double de temps. Il y avait toujours ces moments de férocité affectueuse où je restais plantée là avec mon sourire, tandis qu'on remplissait mes sacs des meilleurs produits. J'avais même l'impression qu'elles ralentissaient leurs mouvements pour ne pas me déstabiliser. Mais je sentais bien qu'elles étaient en train de m'étudier. Quelqu'un m'avait vue fumer, quelqu'un m'avait vue boire une bière au déjeuner, quelqu'un se demandait pourquoi je portais des lunettes noires. J'ai commencé à être plus attentive aux détails. Je ne pouvais pas me permettre d'avoir les cheveux sales, les lacets défaits ou une tache sur ma robe. Je savais qu'elles trouveraient quelque chose de toute façon. Il y avait celle qui m'avait vue pâle, enrhumée, celle qui avait remarqué que la bandoulière de mon sac était à moitié déchirée. Rien sur la misère de mes pantalons de grossesse à taille élastique. C'était elles qui me les avaient offerts. Quand j'allais jeter les poubelles, mes voisines me saluaient et restaient là à vérifier que je ne me trompais pas dans le tri sélectif. Parfois, je les voyais scruter à travers la transparence du plastique, cherchant un indice. Je ne sais pas ce qu'elles s'attendaient à trouver. Un fœtus peut-être.

Le compagnon

Avec la fille, nous avions songé à monter un groupe. Nous avions songé à tant de choses ! Je n'avais pas joué depuis des années, elle ne savait jouer d'aucun instrument, mais sa voix était pas mal. Enfin, je ne suis pas certain que j'aurais pensé la même chose si nous n'avions pas couché ensemble ; en réalité, pour être honnête, c'était ce genre de voix de petite fille que je ne supportais pas chez les jeunes groupes de Miden, mais elles chantaient toutes ainsi, et personne n'avait son mot à dire, certainement pas moi. Dans notre meilleur morceau, la fille restait silencieuse tout du long puis, à la fin, simulait une espèce d'orgasme. Sa petite voix disparaissait et elle n'était plus que gémissements. Ce n'était pas vraiment écoutable, mais j'aimais la voir dans son rôle d'artiste-interprète, la jupe ultra-courte et les lèvres embrassant le micro. Elle voulait que je lui apprenne à jouer de la basse, mais s'exercer l'ennuyait. Les choses qui l'ennuyaient étaient infinies. À part au lit, elle avait toujours l'expression délicieusement ennuyée. Elle me demandait de lui montrer où positionner ses mains, et m'envoyait ensuite des photos d'elle nue avec la basse. Ces photos ne se sont pas retrouvées dans le dossier de la Commission. De toute évidence, le traumatisme les avait épargnées. Elle ne s'était pas subitement rendu compte qu'elle avait été obligée de les faire. Non, ce n'est pas la formulation correcte : elle ne s'était pas rendu compte qu'elle s'était *sentie* obligée de les faire. C'est sur cette sensation que la partie se jouait. J'aimais voir les choses ainsi désormais, une partie.

Si j'avais mis de côté mon antagonisme, je me serais trouvé vraiment pathétique comme personnage. Il m'arrivait d'ouvrir le dossier crypté sur mon ordinateur et de contempler la fille nue tenant la basse. Je pensais : « Tu étais chaude, tu m'envoyais ce genre de trucs, jouissons donc de la provocation. » Il y avait encore d'autres photos sur l'ordinateur. Beaucoup ont fini dans le dossier de la Commission. J'en avais pris certaines. Mais la plupart faisaient partie de son projet artistique. Elle l'avait appelé *Jeu et Contrôle*. En fait, c'est moi qui avais suggéré le titre. Cela aussi avait été pris en compte par la Commission et considéré comme une preuve de ma mauvaise foi, de mon intention manipulatrice. L'obliger à jouer et exercer un contrôle. De tous les projets artistiques de la fille, c'est le meilleur à mon avis (on pourrait également passer ce jugement au crible pour chercher la mauvaise foi, je ne doute pas qu'on en trouverait. Je dois m'habituer aux privilèges du mensonge). Je ne dis pas que c'était un projet original – ce ne l'était clairement pas. À l'exposition de fin d'année à l'Académie, la moitié des travaux consistait en la représentation obsessionnelle du corps nu de l'élève. Sous n'importe quelle forme, matériau, langage, à n'importe quel niveau d'abstraction. Et il y avait toujours une étrange amertume dans ces œuvres, le spectre de corps sans joie. Il y avait un parfum de mort qui n'avait rien d'accidentel. Les filles étaient à la recherche de la mort dans leurs œuvres, elles s'y suicidaient. Un défilé de cadavres. C'était comme marcher dans un cimetière. Et ensuite je les voyais, leurs corps vivants, leurs yeux fiévreux, les chaussures colorées, les hanches minces, les coiffures bizarres, les sourires en quête de compliments, les mains qui s'élevaient dans les airs pour expliquer un détail, un doigt entre les dents ou les pieds croisés l'un devant l'autre. Elles jouaient les timides ou s'enivraient, elles parlaient, rougissaient, fragiles et puissantes. Et elles se tuaient dans leurs œuvres.

Jeu et Contrôle n'était pas de celles-là. La fille était heureuse sur ces photos. La fille a été heureuse avec moi. Le traumatisme n'est pas allé aussi loin. La fille ne s'est pas rendu compte qu'on l'a contrainte à être heureuse. Je suis certain que, en regardant les photos, la Commission y a vu la même chose que moi.

La compagne

Je suis allée en bord de mer pour rassembler mes idées. Je suis sortie de la maison avec cette belle intention. On a cette image de l'homme solitaire face à la mer ; les femmes marchent en général. Je n'en avais pas envie. Je me suis assise dans une position inconfortable sur le sable froid et j'ai fait les exercices de respiration recommandés par mon médecin. J'ai fermé les yeux et j'ai pensé au bébé. Je respirais profondément et je pensais au bébé. Quand j'ai rouvert les yeux, j'ai vu l'eau sombre face à moi, et j'ai imaginé en mon for intérieur une mer tout aussi noire, avec un bébé enfoui dans l'obscurité. Mes idées étaient visqueuses et ne se laissaient pas rassembler.

Je suis rentrée à la maison où j'ai trouvé un mail de mes parents. Quand je recevais un mail de leur part, je redoutais toujours que quelque chose de grave ne soit arrivé. Je m'attendais à ce qu'on m'annonce une catastrophe. Même une catastrophe mineure : un avis d'imposition ou le chat renversé par une voiture. Au lieu de cela, ils voulaient juste venir me rendre visite. Ma mère a joint la photo d'une paire de chaussons qu'elle voulait tricoter pour le bébé. J'ignorais où elle avait pris cette photo et à qui pouvaient appartenir ces chaussons. Ils étaient posés sur une table en formica, dans une cuisine que je ne connaissais pas. J'ai prêté moins d'attention aux chaussons qu'aux détails de la cuisine. Il y avait des objets dans chaque recoin, tels les sédiments affectifs d'une vie : tickets collés sur le réfrigérateur, torchons, gants, ustensiles à pâtisserie, de nombreuses conserves, un calendrier avec des recettes, ou peut-être des suggestions de légumes de saison, des aquarelles marines aux murs. Les chaussons étaient au premier plan, mais c'était clairement avec l'arrière-plan que ma mère essayait de me blesser. Je ne lui ai jamais envoyé de photos de cette maison. Elle n'est jamais venue me voir. Et je ne l'ai jamais vraiment invitée. À Miden, des permis sont requis pour accueillir des visiteurs. Ils ne sont pas difficiles à obtenir, mais je n'ai jamais pris la peine de m'intéresser au sujet. « Bref, me demandait-elle, tu veux nous le montrer, ce ventre ? » Elle parlait toujours au pluriel dans ses mails. Je ne sais pas si mon père était là, à côté d'elle, pendant qu'elle écrivait, ou s'il donnait seulement son assentiment final. Ou si, plus probablement, il était dans une autre pièce en train de réparer quelque objet avant même qu'il ne se casse. Mais ensuite le mail était signé : « Ta maman et ton papa ». Qu'elle utilise l'article possessif m'a émue, comme une tentative de rendre leur affection plus littéraire. Plus classique. Ma mère et mon père n'avaient jamais rencontré mon compagnon. Je ne doutais pas que nous nous serions tous très bien entendus une fois assis à la même table. Ou bien en vadrouille à Miden, ou dans un bar sur le port à observer les bateaux au loin pour charger nos pensées d'intensité. Aucun de nous n'a jamais été un grand bavard mais, dans ces cas-là, être bien élevé suffit. Et nous étions des gens bien élevés. Mon père n'aurait peut-être pas apprécié le vin de Miden, mais comment l'en blâmer. J'aurais pu lui demander d'apporter quelques bouteilles dans sa valise, même si cela aurait nécessité un autre permis de la part de la Commission Importations. Elle aurait toléré deux ou trois bouteilles. L'idée de goûter de nouveau un vin décent m'avait presque convaincue d'inviter mes parents, mais nous aurions été trop vite à court d'alcool et il n'aurait pas été facile, entre gens bien élevés, de parler de ma vie à Miden. Je n'y arrivais même pas par mail. « Alors, que fais-tu de beau ? » me demandait ma mère. C'était son style pour faire informel, elle mettait toujours un petit mot avant sa question : alors, bref, et donc…

Que faisais-je de beau à Miden ?

Je me demande si une bougie allumée insérée dans l'anus est une preuve de viol, aurais-je dû lui répondre.

C'est une autre des pratiques que mon compagnon m'avait épargnées, mais uniquement parce que je souffre d'une allergie assez rare à la cire. Peut-être que ça m'a passé, je n'ai pas vérifié.

Le compagnon

Ma compagne avait commencé à montrer des signes évidents de paranoïa. Elle était persuadée que tout le monde la surveillait. Ça avait tout du délire narcissique, car si quelqu'un était surveillé, c'était plutôt moi.

– Au pire, les gens te regardent avec dégoût, objectait-elle. Moi, ce sont des regards compatissants.

J'ignore si elle venait de découvrir la signification du mot, si elle n'en n'avait jamais eu besoin dans sa vie jusque-là, si elle était allée la chercher dans le dictionnaire, mais subitement « compatissant » était devenu un tic de langage.

« Arrête de me regarder avec cet air compatissant », me lançait-elle quand je lui apportais son café au lit, quand nous jouions aux cartes (qu'elle perde ou qu'elle gagne ne faisait aucune différence), quand il m'arrivait de lui caresser les cheveux ou la cuisse.

– Je ne te regardais même pas, lui ai-je répondu une fois.

– Voilà. C'est exactement ça que je veux dire.

L'expérience aurait dû m'apprendre que ce genre de remarque n'a aucune logique, c'est juste une manifestation élémentaire de nervosité, de susceptibilité. Si vous la jouez finement, vous pouvez finir par baiser, sinon il vaut mieux l'ignorer. L'expérience, plus largement, aurait dû m'apprendre beaucoup d'autres choses, mais l'empirisme ne m'a jamais convaincu.

– Ce que tu voulais dire, c'est que *j'étais* en train de te regarder avec un air compatissant, sinon tu ne m'aurais pas demandé d'arrêter, ai-je répliqué.

– Vous vous excitiez comme ça, avec la fille ? Tu la corrigeais et elle mouillait ?

La compagne

Mon compagnon m'a demandé si j'étais jalouse de la fille. Il était dans la merde jusqu'au cou et il se préoccupait de savoir si j'étais jalouse.

– J'ai rompu avec elle avant de te rencontrer, m'a-t-il précisé.

– C'est ça, dans tes rêves ! lui ai-je répondu.

Mon compagnon disait que j'étais devenue cruelle. Il me disait beaucoup de choses désagréables ces derniers temps. Que j'étais devenue cruelle. Que j'étais devenue paranoïaque. Que j'étais devenue jalouse. Toutes étaient plus ou moins vraies. Mais la jalousie était la plus inquiétante. Parce que c'était bien pire que ça. C'était une complexe forme d'envie. Si j'avais été plus vieille, j'aurais pu envier la jeunesse de la fille, cela aurait été triste, mais supportable. Mais peu d'années nous séparaient. Quand j'étais dans mon Pays, tout le monde me disait que je faisais plus jeune que mon âge. C'était vrai, je n'avais pas beaucoup changé avec les années. J'adorais me défendre de ces remarques, je rougissais avec la malice d'une jeune fille, je contemplais mes jambes nues dans leurs bottines, la peau de mes cuisses toujours lisse. Et puis, j'ai compris que ce n'était pas un compliment. On ne me disait pas que j'avais l'air plus jeune, mais que je n'avais pas l'air assez mûre pour mon âge. Et au final, l'Effondrement avait fait disparaître tous les détails de l'état civil, nous avions vieilli et rajeuni, nous pouvions être des enfants ridés ou des adultes lisses comme la soie.

Après la visite de la fille, je n'ai pas réussi à me débarrasser de la présence de son corps dans la maison. Elle était très belle. D'une maigreur violente. J'ai songé que mon compagnon n'avait jamais joui d'une telle beauté en enlaçant mon corps. Ce n'était pas possible. J'enviais la fille et j'enviais ce qu'il avait dû ressentir en la possédant. J'ai songé à combien de fois il avait dû rêver de ce corps. J'ai songé à son tourment. On s'habitue à la perte, à la fin d'un amour, mais perdre la beauté doit être atroce. Cela ne m'est jamais arrivé. J'ai essayé de le vivre à travers les yeux de mon compagnon. J'ai imaginé ses journées à l'Académie face à ce corps. J'ai ressenti une douleur que je ne connaissais pas. J'ai haï cette douleur. Et je l'ai enviée de tout mon être.

Le compagnon

J'ai reçu une lettre du père de la fille. Elle m'en avait parlé tant de fois. Elle avait grandi en adoration devant son père. Dans son portefeuille, elle conservait des photos de lui, jeune : une bande verticale de clichés noir et blanc ; sur les quatre, il portait des lunettes de soleil, il avait un sourire affable et une veste de cuir que j'avais vue sur la fille. Elle tenait à ce que j'admire sa beauté. J'ignore quels sentiments elle voulait susciter en moi quand elle me montrait ces photos – avec elle je devais toujours faire attention à ne pas afficher mon embarras car c'était clairement quelque chose qu'elle ne pouvait pas gérer. Ma faiblesse la repoussait. Si j'avais de la fièvre, si je m'étais froissé un muscle, elle me regardait avec une distance féroce. Tout échec l'énervait, même un mal de tête, un rhume nécessitant trop de mouchoirs. Je regardais donc ces photos sans trahir ma gêne. Mais je n'ai jamais compris pourquoi elle me les montrait. Voulait-elle me donner la preuve d'une lignée parfaite ? Elle ne m'a jamais parlé de sa mère, elle aurait aussi bien pu être morte. Elle n'était pas morte.

J'ai été un des fondateurs de Miden, m'écrivait son père. *J'ai cru en ce Rêve. Je veux continuer à croire en sa justice.*

Je sais que vous allez aussi devenir père. S'il vous arrive un jour de recevoir un dossier sur les relations sexuelles de votre fille, je peux vous assurer que ce ne sera pas agréable. Je ne suis pas un homme violent, je ne me suis jamais battu de ma vie, mais mon premier instinct a été d'aller vous frapper. Je ne peux pas dire que mon instinct se soit tu. Peut-être que je ne serais même pas capable de le faire. Peut-être que vous prendriez le dessus. Cela n'a pas d'importance, ce n'est pas ce qui m'a fait renoncer. Miden existe parce que nous ne sommes pas des bêtes dominées par nos instincts. Je ne veux pas écrire cette lettre en tant que père. En tant que père, je n'éprouve que de la haine à votre égard. J'espère ne jamais avoir à vous rencontrer.

J'ignore quelle a été votre vie avant d'arriver ici. Miden a été un refuge pour beaucoup, pour d'autres, une fuite ; pour qui l'a créée comme moi, c'est un acte de foi. Elle signifie croire en l'homme. Vous aussi avez juré sur le Rêve de Miden. J'ignore ce que vous avez ressenti à ce moment-là, à part le plaisir éphémère d'un rituel. Moi, chaque fois qu'un homme jure sur le Rêve, j'ai le sentiment que ma lutte a eu un sens. Pour ceux qui arrivent aujourd'hui à Miden, il est difficile d'imaginer qu'il y a vraiment eu lutte. Peut-être parce que personne n'a jamais pris les armes, dévasté des terres, vaincu un peuple. Nous n'avons pas sacrifié de vies humaines, versé de sang, érigé de monuments pour nos martyrs. Nous n'avons pas eu de martyrs. Nous ne voulons pas de martyrs. Nous voulons être heureux. Tel est notre Rêve. C'est sur cela que vous avez juré. Les martyrs ont un visage triste, un regard fier, mais triste. Ils se tournent vers l'avenir, mais ils sont morts. Nous sommes vivants.

Dans le hall de l'Académie, il y avait les portraits des fondateurs du Rêve de Miden, réalisés par les élèves. Chacun dans un style différent, quoique tous participaient d'une même vision caricaturale. Effectivement, il n'y avait pas de visages de martyrs. Je ne m'étais jamais arrêté pour me demander s'ils avaient l'air heureux, mais je dois admettre que ces visages exprimaient un sentiment de sérénité vitale. Cela tenait en partie – je crois – au décalage entre ces portraits et les travaux de mes élèves auxquels j'étais habitué, où le vitalisme était évité comme la peste. Je me suis alors demandé si les portraits avaient été commandés selon des directives précises ; s'il pouvait y avoir, en somme, une sorte de réalisme socialiste de Miden, si au moment de sa fondation on avait veillé à jeter sur le papier quelques lignes directrices sur l'art à promouvoir pour renforcer certaines valeurs, même si ces valeurs se limitaient au dogme du bonheur. Ou peut-être s'agissait-il plutôt d'art sacré ? Le seul fait de me poser cette question trahissait de nouveau ma mauvaise foi. « J'ignore ce que vous avez ressenti à ce moment-là », m'écrivait son père. J'ai essayé de repenser à ce moment. Sur quoi avais-je juré ? J'avais parié sur mon avenir. C'est tout. Et pour un temps, ça avait été.

La compagne

Une nuit, je me suis sentie mal. J'avais des frissons, la nausée. « Je suis en train de perdre le bébé », ai-je dit à mon compagnon d'un ton monocorde. J'ignore à quel point il m'a prise au sérieux, mais il m'a immédiatement accompagnée à la clinique. J'avais de la fièvre, rien de plus. Je ne perdais aucun enfant.

Je me suis demandé ce qui serait arrivé dans ce cas. Si l'attention de la communauté se serait déplacée sur un événement plus tragique ; « un clou chasse l'autre » dans les préoccupations émotionnelles générales. Je me suis répondu que les choses auraient évolué différemment, que j'aurais pu ajouter une pièce parfaite à la mosaïque larmoyante qu'ils construisaient.

À Miden, on n'utilise plus de diminutifs ou de surnoms (ils ne subsistent que dans les comptines pour enfants). Ils ont été éliminés de la langue pour empêcher que les femmes ne soient apostrophées de manière déplacée et dégradante. On n'aurait donc pas pu commenter ma situation par « la pauvre », qui était réconfortant à sa manière. Je l'avais souvent entendu, « la pauvre », dans mon Pays. C'était presque toujours une femme parlant d'une autre femme. Ma mère l'utilisait continuellement pour les cousines, nièces, filles et petites-filles de ses connaissances. Les motifs pour lesquels une femme pouvait être qualifiée ainsi étaient nombreux : avoir raté un concours (« la pauvre, elle avait tellement révisé »), pris soudainement du poids (« la pauvre, je n'ai pas osé lui en parler »), s'être fait arnaquer dans un magasin (« la pauvre, et dire qu'elle pensait avoir fait une affaire »). Moi aussi, j'ai été « la pauvre » d'innombrables fois pour ma mère. C'était comme si elle espérait une déception personnelle pour me consoler ensuite dans la douce étreinte d'une « pauvre petite ». Un après-midi, elle avait fait du tri parmi mes affaires restées dans la maison où j'ai grandi, passant en revue les vieux journaux intimes et les lettres entassées dans des boîtes, puis m'avait dit : « Ma pauvre, tu as tant souffert à l'adolescence. » Ma souffrance ne l'avait jamais concernée. Bien entendu, l'idée que lire les écrits privés de sa fille ne soit pas très respectueux ne l'avait même pas effleurée. Quand je le lui avais fait remarquer, sa compassion s'était accrue : « Je regrette que tu aies encore besoin de tous ces secrets. » C'était la preuve que j'avais de quoi avoir honte, la preuve que, au fond, j'étais restée « la pauvre », même passé le seuil de la maturité.

Toutefois, un usage de ce mot était encore plus irritant. Une de mes amies, mue par l'aspiration sincère à une « histoire d'amour normale » et une forte disposition à être la maîtresse, disait toujours « les pauvres » pour parler des compagnes légitimes des hommes avec qui elle couchait. Elle aimait beaucoup leur faire raconter les excuses absurdes, les alibis, les subterfuges avec lesquels ils réussissaient à passer du temps avec elle. Ensuite, elle était toute disposée à dispenser ses indulgences : « Tu te rends compte, me disait-elle, pense à cette pauvre femme qui était à l'hôpital à se faire enlever un nodule, pendant que lui en profitait pour me baiser. »

J'étais heureuse de ne pas devenir *la pauvre* pour les habitants de Miden. Et pas *pauvre* du tout d'ailleurs, car c'était un autre mot banni de la langue. Techniquement, à Miden, il n'existait pas de pauvres au sens d'indigents, car chacun avait un niveau de vie adapté à ses besoins. Et il n'existait pas de pauvres au sens de malheureux, car la société ne les imaginait même pas. L'unique acception pour « pauvre » était « dépourvu de » (cholestérol, sodium, sucres, gluten, contradictions). Par conséquent, tous les regards compatissants que je continuais à recevoir ne concernaient pas ma détresse affective. Je n'étais pas malheureuse, j'étais juste une femme mise à l'épreuve. Il y avait beaucoup de suspense, mais tous étaient persuadés que j'allais m'en sortir brillamment. Mon bébé était sain et sauf dans mon ventre, comment aurais-je pu succomber au désespoir ?

Le compagnon

Je voterai contre votre expulsion, m'écrivait le père de la fille. J'ai imaginé comme ces mots avaient dû lui coûter, pas tant par rapport à moi – l'homme qu'il haïssait – que par rapport à sa femme et à sa fille. Ni l'une ni l'autre n'approuvait son choix, aussi continuait-il : *Elles ne le comprennent pas, mais elles mélangent tout, je suis certain que la Médiation leur permettra de comprendre mon choix, si ce n'est de l'approuver*. Il tenait à ce que je sache qu'il n'avait rien négligé.

Les Médiateurs appartiennent à une des Commissions les plus importantes de Miden ; ils sont soumis à une surveillance continue, des tests psychologiques pour déterminer leur niveau de stress et prouver leur objectivité, même dans les situations les plus controversées – sachant que la « controverse » n'est bien souvent rien de plus que la vie. Les Médiateurs sont les garants de l'ordre établi, tout en donnant l'impression qu'il n'existe pas d'ordre établi. Ils ont une approche maïeutique, cherchant les raisons les plus enfouies qui ont pu provoquer un éloignement, ou un petit accrochage, entre deux personnes. En d'autres termes, ils essaient d'extirper du gouffre noir de la conscience l'étoile apaisée du bon sens. Ils interviennent dans les relations familiales, les relations de couple, les conflits entre amis, les incompréhensions culturelles. Mais il y a des limites qu'ils ne peuvent pas franchir. Mon cas, par exemple, n'aurait pu être examiné par les Médiateurs, car il y était explicitement question de formes de « violences » et d'« abus ». Le gouffre de ma conscience était si sombre qu'il obscurcissait toute lueur de bon sens. En pêchant à l'intérieur, on risquait de salir ses filets, pour utiliser une mauvaise métaphore. Que je n'avais pas employée moi-même, mais la directrice de la Commission, une des dernières fois où je lui avais parlé, ou plutôt qu'elle m'avait accordé une audience. « Nous ne devons pas mélanger les choses », m'avait-elle dit, faisant référence – je crois – à notre amitié passée. La directrice avait également eu une relation sporadique avec ma compagne. Elles n'ont jamais vraiment accroché, non par antipathie, mais plutôt par désintérêt réciproque. Et pourtant, ces fréquentations devaient polluer encore davantage la clarté des relations. À Miden, on veillait toujours scrupuleusement à ne pas tout mélanger. Ils devaient se figurer l'existence comme un tiroir bien ordonné. Si mon Pays était *allé aux putes* (et malheureusement pas pour une balade), c'était parce que les choses avaient tellement été mélangées que tout s'était effondré. Le tiroir était devenu un sacré foutoir. Les choses ne se faisaient que par amitié, par appât du gain, par peur, par menace, par dépit. Et moi, n'avais-je pas fui justement à cause de cela ?

La compagne

J'avais pris l'habitude de me promener sur le front de mer. Une telle habitude valait toujours mieux que le chaos, bien que parler de chaos à Miden sonnât un peu comme un oxymore. J'aimais ce mot, on l'entendait beaucoup dans mon Pays, ces derniers temps, il y avait eu une irrépressible augmentation des oxymores dans nos vies, dans nos relations sentimentales, dans les titres des journaux, une espèce d'épidémie. Cela étant, le chaos à Miden restait un oxymore. Peut-être n'avais-je pas besoin d'habitude, mais simplement de continuer à faire ce que je faisais normalement : c'est-à-dire rien. Et surtout, j'aurais dû accepter cette petite dose de chaos qui m'était dispensée comme une bénédiction, parce que peu de gens la recevaient ainsi en cadeau.

Alors que je marchais tranquillement sur la promenade, j'ai aperçu la fille courir au loin. Elle ne courait pas – comme je m'y serais attendue – vers un avenir radieux ou dans les bras d'un amant, mais elle faisait son jogging. Cela m'a surprise, je ne l'imaginais pas se maintenir en forme de la sorte, je la pensais plutôt punk. Elle ne ressemblait pas à la créature fragile et sombre qui avait débarqué dans mon salon, mais à une jeune fille en bonne santé faisant du jogging avec tout l'équipement adéquat. Elle avait un cul enviable. Et en effet, je le lui enviais. Je n'ai jamais fait de sport de ma vie, ou plutôt j'ai arrêté quand j'étais enfant. Mais j'admire ceux qui en font, même s'il m'est difficile de l'admettre, surtout parce que le plus simple serait de les imiter. J'admire ceux qui ont la candide volonté de faire quelque chose qui leur fait du bien. Le sport n'est pas obligatoire à Miden, mais il est fortement encouragé. Les parcs publics sont bourrés d'équipements sportifs, les gymnases sont presque gratuits, et, en dernière année, les lycéens passent leur brevet d'entraîneur personnel. C'est une façon pour eux de prendre soin des adultes. Il y a presque une piscine par habitant et, dès qu'on sort de la ville, on trouve plein de petits lacs naturels. Et, bien sûr, il y a la mer, même si elle est toujours glaciale. Ceux qui ne passent pas le brevet d'entraîneur peuvent passer celui de sauveteur et accompagner les incapables comme moi pour une baignade en maillot. Il est presque impossible d'ignorer délibérément tous ces stimuli. Je suis mal à l'aise même quand on me propose de jouer au ping-pong, ou au sport national de Miden, qui est une sorte de badminton avec deux volants. Ce jeu est né comme une parodie. C'est un sport ironique. On y joue avec ironie. Fondamentalement, l'objectif est de s'emmêler les pinceaux, foutre le bordel et partir en fous rires. Ou en crise de nerfs, aussi. Résultat, toutes les femmes de Miden ou presque ont des jambes magnifiques. Et ce, grâce à l'ironie. Mollets galbés et adducteurs visibles, mais sans exagération. Ce genre de jambes qui, avec une paire de talons hauts, seraient parfaites dans une publicité pour collants. Mais on ne met pas beaucoup de talons ici, à part les sabots. Afin de soutenir l'artisanat local, on avait commencé à produire à Miden des sandales à talons minimalistes, dotées d'une seule sangle pour maintenir le pied. Elles sont généralement en cuir, mais il existe aussi une version vegan. Et il y a les sabots. Tout aussi minimalistes, avec cette unique lanière de cuir. Là aussi, production locale, kilomètre zéro – les vaches de Miden, le bois de Miden –, parce qu'au-delà, les habitants ressentent une déstabilisante sensation d'inconnu. Et pourtant, dans cet inconnu, ce monde en dehors de Miden, ces chaussures sont devenues cultes et, vu le taux de change, coûtent les yeux de la tête. En plus, les exportations sont taxées de 30 %. Beaucoup de mes amies étaient ravies que j'aie emménagé à Miden car je pouvais leur acheter et leur envoyer ces chaussures sans cette insupportable surtaxe. Une opération clandestine qui me donnait quelques frissons d'excitation, je l'avoue. Ou les pulls en laine brute tricotés main aux couleurs de Miden. De petits rectangles rouges ou orange – comme les maisons – sur un fond gris clair. Quand j'allais aux fêtes de l'Académie, toutes les étudiantes de mon compagnon portaient ces pulls. À même la peau, le décolleté bateau mettant en valeur les minces clavicules qui sont, à mon avis, un élément fondamental dans l'érotisme de la jeunesse.

Tandis que je faisais toutes ces considérations en suivant des yeux la fille en plein jogging, j'ai repensé à cette amie qui n'avait plus donné signe de vie après avoir reçu ses sabots, alors que je lui avais écrit plusieurs mails. Je me suis demandé pourquoi, moi, je ne mettais plus mes sabots, et mes jupes longues, mes colliers, toute cette quincaillerie hippie qui aurait au moins pu créer un peu de distraction et de confusion, camoufler ma résistance au sport ou faire du bruit quand je marchais dans le silence de Miden. Ainsi ma présence aurait dérangé un tant soit peu, les gens m'auraient regardée agacés, ou surpris, et non plus compatissants. En l'occurrence, si j'avais porté ma quincaillerie à cet instant précis, j'aurais pu attirer l'attention de la fille, qui au lieu de cela semblait concentrée sur son propre rythme. S'il restait quelque chose en elle de notre précédente rencontre, c'était bien cela : la distance qu'elle maintenait par rapport aux autres.

Le compagnon

Les gens ont tendance à sublimer les événements désagréables de leur vie en les incorporant dans un dessein plus vaste. Comme si on devait toujours apprendre de ses erreurs. Souvent, ils se persuadent que tout cela aura été en quelque sorte « utile ». C'est, me semble-t-il, une rhétorique pour faibles d'esprit. Je ne vous connais pas et je ne peux pas vous juger sur ce point. Mais je veux vous dire une chose, ne vous efforcez pas de trouver un sens à ce que vous avez fait. Acceptez sereinement vos erreurs. Vivez avec vos remords. N'essayez pas de les transformer en autre chose.

Cet homme cherchait de toute évidence mon admiration. Il ne savait sûrement pas que j'avais déjà dû la témoigner à sa fille, il ne savait pas que j'avais contemplé ses photos avec un humiliant sentiment de compétition, il ne savait pas que ces clichés m'avaient parfois empêché de bander. Ça ne lui avait pas suffi. Au nom du Rêve de Miden, il était prêt à voter contre mon expulsion. Sans pour autant me concéder le pardon, si jamais je le lui avais demandé. Je me suis interrogé sur ce que j'aurais fait à sa place. Quel genre de lettre aurais-je écrite. Et pourtant, j'aurais aimé me vautrer un peu dans ma faiblesse d'esprit, si j'avais vraiment été ce genre d'homme. Mais au fond de moi, je ne savais même pas comment répondre à une question élémentaire : aurais-je préféré que la fille me regarde avec les yeux qu'elle posait sur son père, ou avec ceux qu'elle avait autrefois posés sur moi ?

La compagne

J'ai commencé à apprécier le pouvoir narcotique de la musique. Je n'avais pas envie d'entendre d'histoires, et la télévision ne pouvait rien me donner d'autre. Sans parler des films. Je m'en fichais de savoir si Untel sortirait vivant d'une course-poursuite, si le jeune fugueur allait se réconcilier avec sa famille, ou si la célibataire coincée succomberait à son ami d'enfance. Cela ne m'intéressait pas de savoir comment se passait la vie des autres. Ils avaient certainement quelque chose à dire, mais je ne tenais pas à savoir quoi. Visages, événements, histoires. Tout me fatiguait. Je ne voulais même pas avoir de nouvelles de mon Pays. Peu importait – pensais-je – que mon amie ait disparu juste après avoir reçu les sabots. Quelles conclusions aurais-je dû en tirer ? Pourquoi doit-on toujours réfléchir au moindre événement et en tirer des conclusions ? Je n'avais pas envie de comprendre quoi que ce soit. J'ai ainsi commencé à passer de longues heures à écouter de la musique, ce que je n'avais jamais fait de ma vie. C'était peut-être la faute de mon compagnon, de la tendresse rigoureuse avec laquelle il essayait de structurer ma formation musicale : écoutes par ordre chronologique, énigmes sur la ligne de basse. Mais voilà que j'essayais encore de tirer des conclusions. Ce n'était la faute de personne. Ou peut-être que si, mais cela importait peu. Je n'aurais pas su dire ce que j'aimais écouter, il suffisait que le son remplisse la maison, qu'il prenne la place des événements de la journée, les circonstances atténuantes, les motivations, le corps osseux de la fille, son cul en tenue de jogging, mes pensées pleines de rancœur. Je me suis même mise à chanter. Mal. Sans connaître les paroles. Je ne faisais qu'émettre des sons. J'espérais que le bébé pourrait les entendre, qu'il pourrait apprendre à vivre en dehors de l'Histoire.

Le compagnon

Ce qui est bien quand on enseigne dans une Académie d'art, c'est que l'on peut compter sur la créativité des étudiants.

La Commission avait essayé de maintenir une certaine confidentialité autour de mon histoire, pour ne pas affecter mes cours, mais il n'a pas fallu longtemps, dans une communauté telle que Miden, pour que le mot se répande. En tout état de cause, la présomption d'innocence voulait que je sois toujours considéré comme un excellent professeur et un citoyen respectable de Miden (il n'aurait pas pu en être autrement, étant donné qu'il n'existait pas de citoyens non respectables. Si on perdait sa respectabilité, on perdait également la citoyenneté). Mais plusieurs parents avaient protesté auprès de la directrice de l'Académie. Des mères et des pères tout aussi respectables, sincèrement persuadés « de l'innocence jusqu'à preuve du contraire », qui s'étaient pourtant sentis obligés d'émettre certains doutes « compte tenu des circonstances particulières ». Prendre connaissance de ces dernières m'avait particulièrement ragaillardi.

L'enseignement de la philosophie ne devrait-il pas inclure également des préceptes moraux ? s'interrogeaient-ils. L'Académie était-elle certaine que je sois encore la personne adéquate pour une telle tâche ? N'était-ce pas risqué ? Ils n'y auraient vu aucun problème si cela avait concerné, par exemple, mon collègue d'anatomie artistique, mais avec la philosophie – il fallait l'admettre –, la question était différente…

Quelle joie ! Quelle fierté ! J'aurais voulu appeler mon père pour lui dire que l'enseignement de la philosophie était une bombe à retardement. Que son fils était un danger ambulant. Pas un misérable incapable qui avait abandonné son Pays au plus fort de la crise.

Je n'ai jamais assisté à ces entrevues avec la présidente, on m'en a juste rapporté la teneur, je n'ai donc pas pu rassurer ces pauvres parents anxieux et apaiser leurs peurs en leur expliquant qu'il n'y avait rien à craindre – même si j'avais été un tueur en série ou un pervers nécrophile –, car mes cours de philosophie produisaient à peu près le même effet sur leurs enfants que le conseil de ne pas se baigner juste après le repas. Bien que, personnellement, j'aie suivi ce conseil jusqu'à la fin de l'adolescence. Et de toute façon, en dépit des craintes parentales, ces jeunes audacieux et téméraires, heureux d'embrasser le danger dans la fleur de l'âge, ont débarqué un jour en classe avec un tee-shirt blanc où il était écrit : « Nous sommes tous Agresseurs. » J'ignore s'ils sont partis de chez eux ainsi, ou s'ils se sont changés aux toilettes. Mais la moitié de ma classe portait ce tee-shirt. Mes étudiantes portaient ce tee-shirt. Un double défi, une audace qui frisait la folie, considérant que le mot qu'elles arboraient sur leur poitrine désirable était « Agresseurs », au masculin, une identification obscène, inouïe, allant bien au-delà de ce que j'aurais pu imaginer. Elles étaient avec moi. Elles agressaient avec moi. Contre l'Académie, contre leurs familles, contre la fille qui s'était, paraît-il, murée ce jour-là dans un mutisme théâtral. Que n'aurais-je pas donné pour la voir ! J'adorais quand elle boudait. Ses yeux cruels et blessés. Elle me rendait fou quand elle constituait ses défenses. Nous devenions fous ensemble. Ensuite, nous nous amusions à voir tout ce que nous avions fait s'écrouler. Elle souriait et faisait semblant de balayer les défenses éparpillées sur le sol. Elle se penchait pour en ramasser une : « Tiens, celle-ci je te l'offre. » Mais ce jour-là, je n'étais pas avec elle. Ce jour-là, j'étais contre elle. En même temps qu'une bande d'étudiants avec qui je n'avais jamais rien partagé, si ce n'est le conseil d'attendre deux petites heures avant d'aller se baigner.

La compagne

Une nuit, j'ai commencé à souffrir d'insomnie. Le médecin m'a assuré que mon bébé dormait bien. Mais moi, je n'arrivais pas à fermer l'œil. J'essayais de me concentrer sur la musique. Puis sur les battements de son cœur. Mon compagnon a tenté d'imaginer des histoires du soir. Je lui ai dit de les garder pour notre enfant. Je détestais les histoires. Je détestais aussi sa voix, mais je l'ai laissé me lire des poèmes – poèmes dont je ne comprenais pas le sens, je pouvais ainsi ne pas suivre et penser à autre chose. J'ai repensé à l'époque où j'en écrivais moi-même. Et à un voyage effectué vingt ans auparavant. À un garçon rencontré dans un train. Il s'était présenté comme « le poète ». Nous n'avons jamais voulu échanger nos noms. « Mais si la police nous arrête, nous devrons le leur dire », lui avais-je fait remarquer un matin. Quel genre de préoccupations j'avais en tête, déjà, à l'époque ! À vingt ans, avec le poète qui m'écrivait des vers sur le bras. C'était tout nouveau pour moi. Mon premier voyage hors du Pays. Je savais qu'il n'y avait aucun avenir avec le poète. Il aurait suivi sa route tôt ou tard, et moi, j'aurais continué à redouter un procès-verbal. Nous volions tout et n'importe quoi. Sans raison, puisque nous en abandonnions la moitié en chemin.

Un soir où je n'arrivais pas à m'endormir, le poète m'avait suggéré : « Compte un mouton, puis oublie-le. Comme ça, tu pourras le compter à nouveau. »

Et c'était exactement ce que je faisais à présent, même si ce n'était certainement pas ce qu'il avait eu en tête. Pendant mes insomnies, je comptais la fille qui entrait chez moi. Puis je l'oubliais. Et puis elle entrait à nouveau.

Le compagnon

Ensuite, vinrent les autres tee-shirts. Blancs également, même facture, même coupe, sans aucune couture, ce que j'ai appris être le signe d'un tee-shirt de très bonne qualité. Mais le message était différent : « Nous sommes tous Victimes. » Il faut reconnaître que c'étaient de beaux tee-shirts. Ce n'était pas un hasard : dans une Académie d'art, les étudiants font a minima attention à leur style. Et je n'étais pas le seul à l'avoir remarqué, car les tee-shirts ont rapidement commencé à circuler en dehors de l'Académie. À ce stade, le message n'avait plus rien à voir avec moi. « Nous sommes tous des arbres », « Nous sommes tous un », « Nous sommes tous bizarres », et d'autres mots au hasard. Mon préféré était : « Nous sommes tous des chaises. »

Il s'en est même vendu en dehors de Miden. Je n'en suis pas certain, mais je pense que les étudiants se sont fait un peu d'argent en vendant ces tee-shirts puis des sacs avec ces messages. Les lettres imitaient les caractères d'une machine à écrire. Ce n'est pas très original comme idée, mais le minimalisme a l'étrange privilège de se révéler toujours rentable. Quoi qu'il en soit, pendant une semaine (rebaptisée « semaine blanche » par la directrice en raison de la couleur des tee-shirts), l'Académie a été le théâtre de ce vibrant affrontement de slogans. Ma fierté a connu un regain substantiel. Les regards des collègues oscillaient entre indignation et incrédulité, et j'y lisais une envie implacable. Mais à quoi bon nous détester si au final nous pouvions tous être des chaises.

La fille, m'avait-on rapporté, ne voulait plus sortir de chez elle. Dommage que ce n'ait pas été vrai, et je me demandais qui avait bien pu songer à faire courir un bruit pareil, étant donné qu'à Miden il était impossible de ne pas se croiser dans la rue. Ma compagne l'avait même aperçue faire son jogging.

La directrice ne savait pas comment faire cesser cette titanesque lutte de slogans. Son seul souci, répété comme un mantra au pouvoir absolu, était : « Nous devons protéger les jeunes. » J'aurais voulu lui conseiller d'en faire un tee-shirt. Puis la semaine blanche s'est étiolée, ne restait qu'une poignée d'étudiants jusqu'au-boutistes pour mettre leur tee-shirt. Certains l'ont personnalisé en déchirant l'élastique du col, d'autres le portaient au-dessus de la chemise. C'était un vêtement au charme flexible. Mon affaire n'a jamais été abordée ouvertement à l'Académie, les jeunes savaient se protéger. Il m'est arrivé de prêter une oreille aux conversations dans le couloir, pas beaucoup plus élaborées que le classique bavardage entre deux cours. Même parmi les porteurs de tee-shirts rivaux, il n'y avait pas de grands drames idéologiques et l'on se passait la dernière taffe de cigarette anisée avant de rentrer en classe. Peu à peu, j'ai pris conscience que le véritable nœud de la question – malheureusement – ne me concernait pas. Personne ne prenait mon parti, personne ne me détestait. Je n'étais pas l'objet du différend. S'il y avait eu quelqu'un pour inspirer la semaine blanche, tout en l'observant de loin, depuis sa distance sidérale, comme je le chantais autrefois, c'était la fille. Ce fut un coup dur pour ma fierté.

La compagne

J'ai toujours aimé faire mes courses à Miden. C'était une de ces activités qui te donnaient l'impression de contribuer au bien-être de la société, en plus du tien. Sur chaque produit, une étiquette expliquait l'origine, le mode de fabrication, la quantité d'eau qui était utilisée, la répartition des revenus au sein de la chaîne de travailleurs qui y avaient contribué. En général, l'étiquette cherchait à avoir son propre style narratif et ironique, juste assez attirant pour faire de toi un consommateur avisé. On m'avait d'ailleurs proposé, pour après mon accouchement, un emploi de rédactrice des étiquettes de conserves et de produits d'entretien. Un artiste aurait ensuite mis en valeur mes créations. Ce n'était pas ce que j'avais imaginé faire dans la vie, mais l'auto-apitoiement était un problème que je connaissais bien. Nombre de mes amis restés au Pays avaient gaspillé leurs meilleures années à pleurer sur leur propre sort, puis à regretter toutes ces larmes versées. Quoique, les meilleures années le deviennent une fois venu le moment de se repentir de les avoir gaspillées, alors peut-être qu'elles n'existent pas en définitive. En tout cas, j'ai toujours aimé faire les courses. Parmi les emplois post-grossesse, je pourrais me proposer pour faire les courses de quelqu'un d'autre. Quand je suis allée au marché pour acheter du thé et ces courges aux formes bizarres qui poussent uniquement dans les serres de Miden, j'ai remarqué plusieurs personnes portant le même sac. C'était un sac en toile blanc avec une inscription comme tapée à la machine. Devant l'étal des fruits et légumes, une fille, occupée à évaluer la brillance synthétique de deux tomates parfaitement sphériques, m'a aperçue et a immédiatement tourné le sac. Mais j'avais déjà eu le temps de lire l'inscription. Ce devait être une étudiante de mon compagnon, il me semblait l'avoir croisée à une soirée de l'Académie. Mais je mélangeais les étudiantes, leur teint pâle, leurs cheveux blonds, leurs pulls tricotés main, leurs jambes maigres. La fille a abandonné les deux sphères rouges sur l'étal pour s'éloigner, serrant son sac contre elle. J'ai acheté les deux tomates puis l'ai suivie. Je lui ai tapoté l'épaule.

– Tiens, prends-les, ai-je dit.

Elle m'a regardée, gênée.

– Toi aussi, tu as couché avec le professeur ? lui ai-je demandé avec une certaine brutalité – elle a pris les tomates et secoué la tête.

– Pourquoi ce sac ?

– Pour faire mes courses.

– Pourquoi cette inscription ?

– Je ne veux pas me mêler de cette histoire.

– Tu te promènes avec un manifeste et tu ne veux pas t'en mêler ?

Les regards compatissants que je m'étais habituée à recevoir s'étaient faits plus anxieux. Des visages inquiets émergeaient des files d'attente. La fille a haussé les épaules comme une enfant. Je l'ai imitée.

– Et c'est tout ? ai-je demandé.

Elle m'a adressé un sourire gracieux, aveu placide de ne savoir quoi répondre, puis a haussé de nouveau les épaules, avec la même grâce, se moquant d'elle-même. Nous avons juste haussé les épaules pendant un moment. Elle souriait, je souriais. Mais son sourire est devenu nerveux alors que nous continuions à hausser les épaules dans un paroxysme difficile à stopper. Mon sourire, lui, était paisible. L'anxiété des passants a commencé à augmenter. La dame qui vendait les chaussons en feutre pour ne pas abîmer le parquet a risqué un geste tout aussi ironique, en glissant ses mains dans des chaussons et en les faisant bouger comme deux marionnettes. Une main face à l'autre. Quelques visages tendus ont esquissé une grimace amusée. Je ne voyais aucun problème à continuer de hausser les épaules et sourire sereinement. La fille devait commencer à se sentir stupide et je ne pouvais pas lui donner tort ; nous avions l'air de deux imbéciles, mais pas de la manière attendrissante que j'aurais souhaitée. Les tomates que je lui avais données créaient une gêne supplémentaire. Je me suis mise à les fixer, qu'allait-elle en faire ? Les mettre dans le sac qui causait tous ces problèmes ou les garder en main, telle une jongleuse malhabile, avec une marionnettiste dans le dos qui agitait deux pantoufles ? Elle a cédé. Elle a émis un rire forcé, vaguement porcin à cause de l'air retenu trop longtemps.

– Eh bien… le sac est joli, non ? a-t-elle demandé.

– Non, ai-je répondu.

La dame a cessé de remuer les pantoufles. Et nous avons laissé retomber nos épaules.

Le compagnon

Ma compagne avait décidé que la nuit devait devenir notre enfer. Pendant la journée, elle ne me parlait pas. La nuit, elle restait éveillée et je sentais son regard pointé sur moi comme celui d'un vautour sur une carcasse. Quand j'ouvrais les yeux et que je lui demandais ce qu'il y avait, elle se bornait à me fixer. Puis se levait, mettait de la musique très fort. Et revenait à côté de moi. À ce stade-là, j'étais réveillé. « Tu veux qu'on parle ? » lui demandais-je. Quoi qu'elle répondît, elle le faisait en chantant. Elle avait cette nouvelle manie de chanter. « Demain matin, j'ai cours tôt », lui rappelais-je. Et elle continuait à chanter : « Ou peut-être paaaaaas… » fredonnait-elle. Au marché, quelqu'un lui avait rapporté que j'allais être renvoyé. Ou plus exactement, suspendu jusqu'au jugement. Ma compagne avait un rapport très intense avec le marché, c'était comme partir voir l'oracle. Elle ne s'intéressait plus à ce qu'il se passait dans le monde. Le marché lui suffisait. Quand je regardais les informations, elle soupirait. « Combien de noyades aujourd'hui ? » s'enquérait-elle en riant. Moi, je ne voyais rien de drôle à cela. Mais elle non plus en fait. « On peut parler ? » la suppliais-je. Les nuits où elle me tenait éveillé. Et pourtant le matin, je continuais à lui apporter le café, quoi qu'il advînt.

– Excuse-moi, mais on t'a conseillé, à toi, de faire une thérapie ? m'a-t-elle lancé une fois. Pourquoi veux-tu me parler ?

Elle m'a montré tous les dépliants de thérapies qu'on lui recommandait.

– Qu'en dis-tu ? Laquelle me conviendrait ? a-t-elle demandé en tenant un dépliant devant son décolleté. Ou plutôt le rose pâle ? Au fait, tu te souviens de cette robe qui… ?

Elle n'a pas fini sa question.

– Qui quoi ? ai-je essayé.

– Je ne sais plus ce que je voulais dire.

– On peut parler ?

Elle a reposé les dépliants qu'elle avait en main. Elle avait l'air en détresse, un animal qui ne sait quelle direction prendre pour s'enfuir. J'ai observé son corps doux qui gardait en lui notre enfant ainsi que tous ces mots. Elle a éclaté en sanglots.

– Je veux retrouver la vie que j'avais ! a-t-elle hurlé.

– Moi aussi.

Ses larmes coulaient comme lors de nos premières nuits. C'est cruel de l'admettre, mais j'aimais la docilité désespérée de ses pleurs. Elle m'avait manqué.

– Pas celle-là, a-t-elle répondu, la vie d'avant.

Après tant de temps, nous nous sommes retrouvés unis, dans la nostalgie de quelque chose qu'aucun de nous n'aurait pu expliquer.

La compagne

Il n'y avait plus de visiteurs. Je ne les avais pas chassés. J'avais moins l'impression d'être évitée que d'être laissée en paix. J'ai remarqué que les gens ont tendance à finalement vous laisser en paix lorsque vous êtes très loin de la paix. On m'avait donc laissée tranquille. C'étaient toujours les mêmes regards compatissants dès que je sortais, mais plus personne ne se hasardait à venir me rendre visite. Dommage, j'aurais enfin su quelle musique mettre en fond de nos bavardages. Quand on commence à regretter quelque chose, c'est facile de se laisser emporter. Cela n'est plus qu'une question de mise au point. J'essayais de me souvenir des après-midi passés avec mon compagnon à dresser des listes de prénoms pour le bébé. Nous aussi, comme tout le monde, nous en cherchions un qui fonctionnerait bien dans toutes les langues, dans tous les pays, en imaginant l'avenir de notre enfant comme nous avions rêvé le nôtre. De cette image, il ne restait que des fragments, mal assemblés comme des phrases d'un livre qui ne forment plus une histoire. J'essayais de fixer mon regard sur un détail, mais il se stabilisait à mi-chemin. Ce n'était pas un trou de mémoire, j'aurais pu réécrire cette liste de prénoms, me souvenir de nos commentaires, des tentatives d'inventer de nouveaux noms, du jeu des associations mentales, de moi qui me moquais de la façon qu'avait mon compagnon de prononcer les *r*, de lui qui trouvait plein de prénoms avec des *r*. Ça, c'était le point. Ça, c'était touchant, si l'on veut. Ses mains sur mes cuisses, c'était également le point. Moi lui embrassant le cou. Nos rires à propos des prénoms de nos grands-parents et de nos oncles. Cette façon légère et affectueuse de faire émerger de notre passé une forme de complicité, comme si nous avions laissé derrière nous une histoire commune. Le récit de son enfance mêlée à la mienne. Et notre jeunesse. Qui sait ce que nous essayions de prouver. Quitter un Pays puis parler de nos grands-parents. Les paysans, cordonniers, ouvriers ou syndicalistes ressortaient toujours. Nous avions besoin de si peu pour nous aimer.

Le compagnon

Le premier questionnaire à arriver a été celui de mon tuteur. Le protocole prévoyait que la Commission examine les questionnaires puis me les transmette, pour des raisons de transparence – non seulement informative mais aussi émotionnelle. Ils devaient me préparer au verdict à plusieurs niveaux, m'en faire prendre conscience selon un principe holistique. Il était important que les témoins élaborent un récit « soucieux des nuances », qu'ils prennent en compte les « possibles conflits culturels » et expriment leurs opinions sans faire abstraction de la « sincérité sentimentale ». Le tuteur était un garçon de mon âge, sympathique, toujours disponible, rapide, capable de répondre à un désir avant même que tu n'aies eu le temps de le formuler. Quand j'étais arrivé à Miden, il m'avait littéralement accueilli à bras ouverts, ce qui est le code de bienvenue. On ouvre les bras et on étreint le nouveau citoyen, en évitant de l'écraser avec son propre corps. C'était lui qui avait traité ma candidature. Il avait été frappé par mes goûts musicaux et la façon dont j'avais dessiné « l'espoir ». En réalité, ce n'est pas moi qui l'avais dessiné mais mon frère, qui avait lu ma candidature et l'avait trouvée froide. Il l'avait donc révisée pour la rendre plus touchante – ou opportuniste, selon le point de vue –, puis il avait lui-même dessiné « l'espoir » car je n'aurais pas su quoi faire. Mais c'est moi qui avais dessiné l'arbre près de ma signature. Le tuteur n'avait pas remarqué la différence du trait, sans parler de la créativité. Il n'avait pas commenté le petit arbre (une sorte de cure-dent avec deux bras asymétriques), mais l'espoir – une fresque abstraite dans laquelle mon frère soutenait qu'on pouvait voir une forme humanoïde de nouveau-né – l'avait « sincèrement touché ». Comme toute la candidature d'ailleurs, puisque j'avais été accepté. Il y avait une phrase en particulier qu'il m'a répétée pendant des mois, comme si elle avait changé sa vie : « Nous apprécions les reproductions de certaines œuvres d'art, mais elles ne nous apprennent rien, elles ne nous préparent pas au moment où nous aurons la possibilité de voir ces œuvres en vrai. » Je n'aurais jamais écrit une telle chose, mais en gros, le sens était que je ne savais pas à quoi m'attendre de Miden, les choses on les comprend quand elles adviennent.

De son côté, mon frère s'est senti tel un médium quand – quelque temps plus tard – il a appris que j'allais devenir père. J'avais oublié son dessin, bien sûr. Mais lui, contrairement à moi, est sensible aux références et aux prophéties. Une mémoire émotionnelle et mystique. Lorsque mon affaire a éclaté à Miden, j'ai repensé à ce dessin. À ma petite imposture. J'avais été admis, en partie, sur la base d'un mensonge. Les goûts musicaux, eux au moins, étaient authentiques. Et sur ce sujet, je suis beaucoup plus sensible et créatif que mon frère, ce qui, dans une certaine mesure, pourrait faire de moi un imposteur encore plus perfide. C'est mon tuteur qui m'a montré la maison pour la première fois, qui a trinqué avec moi au Rêve de Miden, qui m'a fait visiter l'Académie. Déjà, à l'époque, j'avais remarqué la fille et elle m'avait remarqué.

Il y avait eu un coup d'œil sans équivoque dans le couloir. J'ai fantasmé sur ce coup d'œil pendant des jours avant de coucher avec elle. Ce n'étaient pas seulement des fantasmes sexuels, même si je dois admettre que c'était surtout cela. Je la voyais également d'une autre manière. Je venais à peine d'atterrir à Miden. Bien que mon tuteur ait fait pendant des semaines office d'ange gardien, de confident, d'ami dévoué, je me sentais seul. Mes voisins m'apportaient des gâteaux de bienvenue, des pâtes d'amande colorées, ils me présentaient leurs enfants, m'offraient des écharpes tricotées à la main, et me posaient des tonnes de questions sur mon Pays. De jeunes mères et de jeunes pères, accompagnés de leurs enfants, tous captivés par mes drôles d'histoires. Je les rendais même plus drôles que nécessaires. Ils étaient tous si bien disposés à mon égard qu'ils m'auraient laissé les soûler avec quelque rêve grotesque, imaginé sur le moment. Ils m'étudiaient avec amusement, et je les laissais faire, car là était bien le but de cet interrogatoire docile : esquisser une caricature risible de mon Pays. Je m'étais prêté au jeu et je n'y voyais rien d'étrange. C'était un sentiment que j'avais déjà eu, lors de mes voyages, enfant, pendant mes séjours linguistiques de fils aîné, les derniers feux de mes privilèges de jeunesse : quand tu arrives dans un nouveau lieu, jouer l'idiot fait partie des règles du jeu. Tu te retrouves à boire un verre avec des gens que tu ne fréquenterais jamais sinon, à raconter ton histoire comme si c'était un enchaînement d'anecdotes absurdes. C'est une façon d'apprendre à se connaître, on ne peut pas vraiment faire dans la subtilité. En tout cas, c'est ce que je me disais. Mais je me sentais seul. Et je détestais la pâte d'amande. Pour ne rien dire des écharpes tricotées main. Je croyais que l'on n'en portait plus depuis longtemps. Puis je me suis souvenu d'une ex-petite amie qui m'en offrait toujours. Son dévouement était dévastateur ; à en juger par la quantité d'écharpes qu'elle m'avait offertes, elle devait passer sa vie à tricoter. À un certain moment, elle avait même commencé à les vendre dans la rue. Elle s'asseyait au milieu des joueurs de guitare et déroulait son drap sur l'asphalte. Je ne suis jamais passé la voir, elle me faisait trop honte, assise ainsi au milieu des jambes encollantées de femmes occupées à faire leur shopping en centre-ville. Et puis, un jour, je l'avais surprise aux puces, fouillant parmi les écharpes usées à la recherche de marchandise. C'est incroyable, parfois, la façon dont une histoire peut se terminer.

Quoi qu'il en soit, lors de ces premières nuits à Miden, alors que je traînais dans la maison, je n'avais que le coup d'œil de la fille auquel me raccrocher. Elle ne m'avait pas regardé comme si j'étais une étrange créature, elle m'avait juste regardé, tout simplement. Je l'avais sentie proche. Nous nous étions reconnus là-bas, dans ce couloir, alors que le tuteur me prenait par la main, tel un ami, un frère, un compagnon, et me montrait mon avenir avec confiance.

Questionnaire n° 1

Le tuteur

Vous avez été le tuteur du professeur. Quelle relation aviez-vous nouée avec lui ?

Je suis devenu un de ses amis.

Son rapport de fin de tutorat a été extrêmement positif. Pensez-vous avoir commis des erreurs d'appréciation ?

Je me pose encore la question. Je me demande si l'amitié aurait pu compromettre la lucidité de mon jugement. J'aime mon travail et je crois avoir développé avec le temps une sensibilité complexe pour l'âme humaine. Je ne veux pas que cela paraisse présomptueux aux yeux de la Commission, je ne suis pas un homme présomptueux, mais j'ai confiance en mon intuition. Cela fait partie de mon métier et j'essaie de servir au mieux le Rêve de Miden. Si vous pensez que la sensibilité est un don inné, vous vous trompez. Il faut la cultiver, comme le reste. C'est un travail artisanal, qui nécessite de l'attention et la volonté de s'améliorer. Plus elle s'affine, plus elle devient spontanée. Même l'enthousiasme nécessite de l'application. Cela peut sembler paradoxal, et pourtant, c'est exactement ainsi que cela fonctionne. Ma sensibilité m'avait poussé à croire que le professeur pouvait s'avérer non seulement un citoyen exemplaire de Miden, mais aussi un ami très cher. Et maintenant, je suis tourmenté par le doute d'avoir tout mélangé.

Vous souvenez-vous de votre première rencontre avec le professeur ?

Le jour où le professeur est arrivé à Miden, c'était mon anniversaire. C'était une journée exceptionnellement claire, le ciel était strié de reflets roses. Les rochers bordant la route déserte de l'aéroport ressemblaient à des quartz géants, comme il l'a commenté lui-même en observant la vue depuis la fenêtre de ma voiture. Désolé de m'attarder sur ces détails, mais j'étais heureux que le professeur ait pu jouir d'une si rare beauté lorsqu'il a découvert Miden. Ce n'était certes pas le premier étranger à m'être confié, mais sa candidature m'avait vraiment impressionné. C'était peut-être naïf que de voir son arrivée comme un cadeau pour mes trente-cinq ans. Pour autant, je me méfie des gens qui ne savent pas apprécier les signes et je crois que seuls les envieux accusent les autres de naïveté.

Le professeur vous avait-il parlé de la fille quand vous vous fréquentiez ?

Oui, quand le professeur m'a parlé de la fille, peu de temps après son admission à Miden, la légèreté de ses paroles m'a troublé, mais je n'ai pas été surpris par cette révélation. La première fois que je l'ai accompagné à l'Académie, j'ai immédiatement remarqué un regard entre eux. Pourtant, à ce moment-là, peut-être par aveuglement volontaire, j'ai sous-évalué les répercussions de ce regard. Il m'a parlé de la fille quelques semaines plus tard. Puis il a cessé de m'en parler. Quand je l'interrogeais sur le sujet, il restait évasif. Je lui ai demandé s'ils avaient une relation, et il m'a dit que non. Ce n'est que plus tard que j'ai découvert que ce n'était pas vrai. J'aurais alors peut-être dû signaler son mensonge dans mon rapport de fin de tutorat. Je ne l'ai pas fait car j'attribuais cette défaillance à sa faiblesse. Je voyais en lui un homme amoureux qui cherchait à protéger l'objet de son amour. Il ne s'agissait pas d'un acte de censure, ni de clémence, mais de confiance ; je pensais agir au mieux, car j'étais certain que le professeur se serait bientôt rendu compte du caractère inconvenant de sa relation. Et, en effet, le temps m'a donné raison. Le professeur a mis fin à son histoire avec la fille. À ce moment-là, c'est lui-même qui m'a avoué la vérité. Il avait besoin du réconfort d'un ami.

Si oui, comment jugiez-vous la relation entre le professeur et la fille ?

À l'époque, je n'ai pas eu l'esprit assez clair pour la juger. Nous avions déjà parlé de femmes, mais la façon dont le professeur me parlait de la fille avait quelque chose d'obscène. Sa fougue me mettait parfois mal à l'aise. Lui se moquait de moi. Il se moquait toujours de ma pudeur, de mon côté gentil garçon, cela faisait partie de notre amitié. Lorsqu'il buvait plus qu'il ne le devait, il se laissait aller à des confidences que j'imaginais en partie transfigurées par l'alcool. Un désir de possession qui n'a rien à voir avec l'amour. Mais, même dans ce cas, je lui trouvais des excuses, bien que je ne parvinsse pas à être en empathie avec lui. Je pensais que le déracinement de son Pays impliquait ce type de sublimation, une phase transitoire avec ses violentes répliques : vouloir posséder un autre corps parce qu'on a perdu une terre.

Connaissez-vous la compagne du professeur ?

Oui.

Si oui, comment jugez-vous la relation entre le professeur et sa compagne ?

C'est moi qui ai tout fait pour faciliter le regroupement du professeur et de sa compagne, pour lui permettre de venir à Miden, bien que sa candidature n'ait pas figuré parmi les meilleures. Je ne juge pas sur les qualités, mais sur la qualité des rêves. Il ne nous faut pas d'ingénieurs pour construire les routes, mais des personnes heureuses de les parcourir. Le professeur avait cependant besoin d'une compagne. Je me rendais compte que sa vie ici était incomplète, les amours à distance intensifient le désir mais le déforment, et épuisent l'esprit. Encore une fois, j'ai voulu croire d'agir pour le mieux, même si ce choix me paraissait un peu hâtif. J'ai également exprimé mes doutes au professeur. Nous étions dans un bar près de la côte. Il m'écoutait en fixant l'horizon, comme s'il y avait véritablement de l'autre côté une terre qu'il ne pouvait oublier. Moi, je suis né à Miden, j'ai vu grandir le Rêve, je ne connais pas cette forme de nostalgie, parfois je regrette de ne pas pouvoir l'éprouver. Je comprenais que ce que le professeur ressentait pour sa compagne, ce qu'il avait ressenti avec elle lors de leur rencontre, était quelque chose que je n'avais jamais connu de ma vie. Cette intuition, au lieu de m'éloigner de lui, m'en a rapproché encore davantage. Nous avons fini par boire une bouteille entière d'absinthe. Dans la douceur du sucre qui se dissolvait dans le verre, j'ai fait partie de son histoire. J'ai attendu avec lui l'arrivée de sa compagne et, quelque temps après, nous avons fêté ensemble l'arrivée prochaine d'un bébé. J'étais submergé par cette intime joie familiale. Le Rêve de Miden aurait eu le privilège de trois nouveaux citoyens unis par le bonheur. J'étais fier de mon rôle. Si fier que peut-être que, oui, j'ai péché par orgueil.

Comment avez-vous réagi aux accusations de violence portées par la fille ?

Lorsque j'ai reçu le dossier de la Commission, ma première réaction a été l'indignation. Je me suis dit que la fille nourrissait une forme de vengeance à l'encontre du professeur. Je ne la connaissais pas personnellement, mais je sais à quel point le ressentiment peut être aveuglant lorsque l'on est jeune. J'avançais même une autre hypothèse : la fille aurait tenté de blesser ses parents avec ces aveux, ce serait un irresponsable acte de rébellion. Ce n'est que maintenant que je saisis à quel point je faisais fausse route. Je me souviens avoir rencontré le professeur à l'extérieur de l'Académie. Il m'a invité dans un bar mais j'ai refusé, je ne voulais pas que l'alcool trouble la responsabilité de nos mots. Nous sommes restés à parler sur un banc du parc, les étudiants passant devant nous. Le professeur les regardait sans émotion particulière. Il ne semblait pas contrarié, juste ennuyé. Même mon intérêt l'ennuyait.

– Mais que veux-tu ? m'a-t-il demandé brusquement, comme si j'étais devenu son ennemi.

– Je suis de ton côté, ai-je dit.

– Je ne suis d'aucun côté, moi, a-t-il rétorqué.

Comment jugez-vous vos échanges avec le professeur après l'accusation de viol ?

Le professeur n'a rien nié de ce qui était écrit dans le dossier. Sa position est encore la même aujourd'hui. J'admirais son honnêteté et je garde cela en tête. Néanmoins, j'ai perdu le respect que j'avais pour lui. Cela ne devrait pas lui sembler une grande perte puisque lui, je le comprends à présent, n'en a jamais éprouvé ni pour moi, ni pour la fille, ni pour sa compagne, ni pour le Rêve de Miden, ni pour le TRAUMA n° 215. Il me restera les bons souvenirs.

La compagne

Je suis arrivée à Miden grâce à l'intercession du tuteur. Il avait déjà examiné la candidature de mon compagnon et avait pris mon cas à cœur. Dans nos communications à distance, il m'était difficile de faire la distinction entre le zèle d'un bureaucrate qui veut respecter au mieux une procédure et l'intérêt sincère d'un ami qui essaie de réunir deux amants. En y repensant aujourd'hui, je crois que cela ne faisait pas de différence substantielle. Je pourrais dire que le tuteur agissait en tant qu'ami pour optimiser le déroulement d'une histoire d'amour. Pas besoin d'évoquer un déchirement. Les êtres humains sont toujours intrinsèquement déchirés, par tempérament, par nature ou par caprices existentiels. Et de toute façon, je me sentais bien plus déchirée que lui. Pourquoi avais-je préparé ma candidature pour Miden ? J'avais passé des jours à m'interroger sur la véritable raison de mon départ. Les réponses changeaient, des éléments bougeaient, s'ajoutaient. Combien d'arguments pratiques avaient déjà entaché mon prétendu choix par amour ? Nous étions tellement peu habitués à la romance. Pendant des années, on avait parlé de nous comme de la génération perdue. Dans les enquêtes sur cette satanée catastrophe, personne ne nous avait jamais demandé si nous étions amoureux. Nous non plus, d'ailleurs, nous ne nous le demandions plus. Le malheur se mesurait à une autre échelle. Et en effet, le malheur avait disparu de nos conversations, restaient l'inconfort, la frustration, l'immobilisme. Quelque chose avait irrémédiablement échoué, pouvait-on dire. Pouvait-on lire aussi. Nous n'avions même pas le courage d'utiliser certains mots. Sans enfants dont il fallait prendre soin, nous prenions soin de nous-mêmes, avec la compassion rageuse de ceux qui n'ont jamais rien choisi. Même la peur était désolée, déserte, on regrettait l'époque des soucis avec nostalgie. Chacun de nous chérissait un souvenir un peu au hasard et le berçait pendant des semaines. En nous-mêmes, nous gardions l'image de tout ce que nous avions perdu. Cela pouvait être la fin du lycée, le chœur des manifestants avant les coups de matraque, une mèche ébouriffée par la brise, une cueillette de champignons, un voyage en train, les paquets souples de cigarettes. J'ai choisi un souvenir beaucoup plus récent et viable : notre tente balayée par le vent sur la plage de Miden, le froid glacial à l'extérieur et mon compagnon qui me serrait fort dans ses bras. J'ai décidé que cela me manquait. Je lui ai écrit une tonne de mails. Je brodais autour de mes souvenirs. L'amour dans notre refuge, et mon compagnon qui avait un travail. Le sexe magnifique, l'excitation de son corps, et moi qui aurais pu recevoir des allocations pendant un an. « Habille-toi comme un oignon. » Il m'avait écrit cela parmi les recommandations en vue de mon départ pour Miden. J'aimais que, même à distance, il prenne soin de moi, qu'il imagine mon corps sous les couches successives pour affronter le froid. Pour mon arrivée à l'aéroport, j'avais fait en sorte d'être sexy, même en oignon, mais je n'avais aucune idée de ce que je devais mettre dans ma valise par ailleurs (combien de temps allais-je rester ? combien de fines couches à ajouter dans mon bagage ?). Au final, je n'y avais mis que ce qui me semblait le plus mignon. Je m'étais acheté d'autres vêtements suivant ce même principe de mignonnerie. « Couvre-toi bien », me disait ma mère. « Habille-toi comme un oignon », me conseillait mon compagnon. « As-tu besoin d'argent ? » me demandait mon père. Je préparais mon énorme valise entourée de toute cette affection. J'étais heureuse. Puis j'ai découvert que s'habiller comme un oignon faisait partie des règles à Miden. À l'aéroport, il y avait un fascicule dans lequel des personnes étaient photographiées totalement nues, puis en sous-vêtements de sport, pour finir, après une dizaine de couches, par ressembler à des ours polaires. Ça a été mon premier contact avec Miden, cette manifestation ironique et insouciante de corps nus et imparfaits (bien que tous en forme en réalité), puis unis dans la même gaucherie laineuse. Dans ce fascicule, un elfe muni d'un otoscope déroulait une affiche pleine de « méchants » objets. Les objets étaient anthropomorphisés, leur méchanceté s'exprimait en petits visages désagréables et agressifs. « Nos oreilles, disait l'elfe dans une bulle, sont faites pour entendre le piétinement d'un faon dans les bois. » Sur l'affiche, l'image du harcèlement sonore représentait une valise (un bagage imposant et arrogant, avec d'énormes roues dotées de pointes). Mon compagnon avait oublié de me prévenir. J'étais la seule à tirer une valise. Alors que les roues traversaient le hall de l'aéroport, je n'avais reçu que quelques regards délicatement embarrassés mais, une fois à l'extérieur, quand les roues avaient heurté l'asphalte, j'avais vu une femme boucher les oreilles de son bébé et deux filles grimacer d'une douleur soudaine. Mon compagnon était heureux de me voir et nous n'avions aucun moyen de cacher la valise, vu qu'elle m'arrivait au coude. J'avais éclaté de rire devant le comique de la situation et il m'avait aussitôt embrassée sur la bouche. Ce n'est que plus tard que j'ai compris qu'il s'agissait d'une manière de ne pas attirer davantage l'attention.

Le compagnon

Le tuteur a souffert comme un martyr pour écrire ses réponses. Je me sentais mal pour lui. Je l'imaginais se creusant la tête, choisissant les mots justes pour n'offenser ni moi ni la Commission, puis d'autres mots – ceux de l'impuissance – pour donner de la consistance à son dilemme moral. Je crois que ça a été cela, son véritable tourment. Ne rien avoir d'exceptionnel pour se tourmenter. Je l'ai donc laissé s'angoisser, puisqu'il était clair qu'il éprouvait un plaisir quasi sexuel à le faire (je n'ai aucune idée de ce qui pouvait lui procurer pareille excitation. Je ne l'ai jamais vu excité, si ce n'est lorsqu'il s'angoissait). Il ne cherchait pas le repentir chez moi. Du moins pas au début. Non, il cherchait la voie d'accès à ce qui devait lui sembler un impossible abîme. Ce n'était pas dans mon intention de lui interdire cet accès, mais il est difficile d'ouvrir les portes de l'abîme si l'on ne le perçoit pas au fond de soi. Il voulait que je lui montre les stigmates de la corruption pour y enfoncer le doigt, s'en horrifier et en jouir. Mais je continuais obstinément à lui parler d'amour. Lui secouait la tête. Il ne réussissait pas à le supporter. Et de nouveau, il s'angoissait. Alors j'ai fini par l'admettre. Tout ce qu'il voulait. Une relation violente ? Très violente ! Abus, avilissement, honte. Tiens, prends, toute l'horreur dont tu as besoin. Il avait besoin de son dilemme, être l'ami d'un homme méprisable. Je l'ai fait pour lui. Son abject ami. Mais je parlais toujours d'amour. C'est alors qu'il a rebattu les cartes et m'a servi le refrain du repentir. Mais comme ça, non, ce n'était pas correct. Ce n'était pas le marché. Je ne pouvais pas, moi, incarner la parabole de ses doutes moraux. Il s'est figuré en garçon naïf, puis complice, puis rédempteur. « Je suis troublé », me disait-il. Ne te mêle jamais de la confusion des autres. Surtout si tu ne veux pas coucher avec.

La compagne

Les premières réponses au questionnaire ont commencé à arriver. J'aimais avoir quelque chose à lire avec mon compagnon. Juste après notre rencontre, nous nous allongions parfois tous les deux sous la tente pour feuilleter le même livre. L'éclairage diffus du camping dessinant nos silhouettes. Nous finissions généralement par jeter notre livre pour nous remettre à baiser. Lire le questionnaire du tuteur fut, je crois, l'expérience la moins érotique du monde – difficile de booster sa libido avec cela. Je savais bien qu'il ne m'avait jamais appréciée, mais de là à penser qu'il était secrètement amoureux de mon compagnon... Un béguin presque touchant, s'il ne s'était pas taché d'amertume alors que son éblouissement sentimental déclinait. Et puis, non que je tienne à avoir son estime, mais, au moins par décence, s'il t'est demandé d'analyser ma relation avec mon compagnon, tu pourrais éviter toute cette tirade sur ton rôle complexe d'entremetteur. C'était non seulement hors de propos, mais aussi hors sujet. Il avait vraiment répondu à côté. Je crois avoir réagi de façon légèrement hystérique : j'ai éclaté d'un rire irrépressible. En général, les fous rires sont contagieux, mais mon compagnon s'est contenté de constater la matrice névrotique de mon hilarité. Ce n'était pas une sensation agréable, mais je continuais à rire. Puis je me suis arrêtée. J'ai repensé à mes réponses au questionnaire. J'étais restée dans les clous, comme on dit. J'avais rempli mon rôle. Pourquoi ne m'était-il pas venu à l'esprit de faire impression quand on m'en avait offert l'occasion sur un plateau d'argent ? Le tuteur s'est même autorisé les reflets roses du ciel. Sans parler des quartz géants, même si, dans ce cas précis, les droits d'auteur reviennent à mon compagnon. Il devait d'ailleurs vraiment les aimer, car il les avait recyclés lors d'une de nos premières nuits à Miden : « Tu ne trouves pas qu'on dirait des quartz géants ? » m'avait-il demandé alors qu'il me faisait sortir de la tente en me tenant par la main. Il m'avait posé la question comme à une enfant. À l'époque, il me parlait souvent comme à une enfant. Et moi, j'avais opiné du chef comme une enfant. Qui sait s'il s'en souvenait ? Je ne lui ai pas demandé, j'étais trop occupée pour le moment à chasser des préoccupations bien plus insidieuses. De quoi aurais-je eu l'air en demandant à récupérer mon questionnaire pour enjoliver mes réponses ? Ce n'était pas dans mon style de répandre des reflets roses et des poudres de quartz, mais j'aurais pu parler de moi. Ma vie avant Miden. Ma vie de l'autre côté de la mer. Une naufragée. D'où venais-je ? Il y avait davantage de beauté dans cette question que dans le Rêve de Miden.

Je me sentais mal à cette pensée. Mon compagnon m'a prise dans ses bras. Il pensait que j'avais été offensée par les mots du tuteur. Pendant un moment, j'ai songé à savourer son étreinte et oublier le reste. Mais je ne savais plus ce que j'aurais dû oublier. Mon esprit récalcitrant revenait au questionnaire. Avait-il déjà été lu ? Si ma candidature ne faisait pas partie des meilleures, mon questionnaire ne devait même pas atteindre la moyenne.

Questionnaire n° 2

La monitrice de natation

Quelles sont vos relations avec le professeur ?
Je suis son amie, je crois.

Comment l'avez-vous connu ?
Nous fréquentons la même piscine.

Vous souvenez-vous de votre première rencontre avec le professeur ?
Oui, je me souviens qu'il avait les yeux rivés sur mes jambes ! Non qu'il ait cessé ! ☺

Avez-vous déjà remarqué des comportements sexistes chez le professeur ?
À part regarder mes jambes ? C'est une question épineuse. Le professeur vient d'une culture différente de la nôtre et je crois qu'une certaine tournure d'esprit est difficile à combattre. Si vous avez été habitué à atomiser le corps d'une femme, il doit être difficile de le saisir dans son ensemble, non ? Loin de moi l'idée de mettre en doute le travail du tuteur, mais je me demande s'il n'aurait pas été opportun de lui adjoindre un médiateur culturel pendant la phase initiale. De plus, le

professeur n'a rien d'un homme des cavernes (avec tout le respect que je dois aux hommes des cavernes), mais c'est un intellectuel, et il n'est parfois pas si facile de discuter avec lui, car il réussit toujours à retourner la situation de sorte que même son sexisme te paraisse naturel…

Connaissez-vous la compagne du professeur ?
Oui, je l'ai vue quelques fois.

Si oui, comment jugez-vous la relation entre le professeur et sa compagne ?
Alors, je ne les ai jamais vraiment fréquentés ensemble, c'est donc seulement l'idée que j'en m'en suis faite. Sa compagne vit un peu dans l'ombre du professeur. Je n'ai pas l'impression qu'elle se soit beaucoup intégrée à la vie de Miden, en fait, elle reste toujours dans son coin. Je sais qu'ils font tous deux partie des Pesticides Naturels, mais ma meilleure amie, qui y est également, m'a dit que sa compagne ne participait presque jamais aux discussions et aux initiatives. Selon mon amie, elle s'est inscrite uniquement parce que le professeur y était aussi. Je sais également qu'elle a été exemptée de la période de tutorat car c'est le professeur lui-même qui a fait office de tuteur. À mon avis, ce n'était pas une bonne idée. Voilà comment je vois les choses : il aurait mieux valu lui faire emprunter un parcours d'intégration autonome. Le lien de couple est important, bien sûr, mais les liens communautaires sont plus importants. Surtout si vous venez d'une culture aussi différente de la nôtre, où le rôle de la femme est malheureusement encore subordonné à celui de l'homme. J'ai lu des choses sur leur Pays, de nombreux articles intéressants, et si je peux me permettre… ils ont encore un long chemin

à parcourir ! Je pense que c'était une erreur de ne pas tenir compte de ces facteurs. Quoi qu'il en soit, dans les rares occasions où je les ai vus ensemble, la compagne était toujours assez taciturne. Au début, je croyais que c'était de la timidité, mais aujourd'hui je pense qu'il s'agissait plutôt d'un symptôme de son indifférence ou d'une attitude passive-agressive. Moi, par exemple, quand je ne dors pas bien, je m'embrouille en parlant. J'inverse les syllabes, j'oublie les mots, et dans ce cas, il peut m'arriver d'être plus laconique que d'habitude. Les gens le savent, maintenant, et ils comprennent que si je suis silencieuse, cela n'a rien à voir avec eux. Le problème n'est pas à chercher dans le langage, mais dans ce qui m'a empêchée de dormir. Grâce à la thérapeute du sommeil, j'ai découvert des choses auxquelles je n'avais jamais pensé, par exemple que l'insomnie féminine est très différente de l'insomnie masculine. La mélatonine est une hormone au fond, non ? On m'a posé énormément de questions : vos yeux changent-ils de couleur avec la lumière ? Préférez-vous les saveurs sucrées ou salées ? Avez-vous plus de force dans vos bras ou dans vos jambes ? Bref, je ne sais pas si je me fais bien comprendre, il faut enquêter sur la cause, pas sur le symptôme. Bien sûr, c'est si l'on tient à se connaître et à s'améliorer. Pour moi, s'améliorer est aussi un devoir moral envers les autres. Je l'enseigne toujours à mes élèves. C'est la première chose que je leur dis, et si je les vois sceptiques, je peux passer tout le cours à leur expliquer pourquoi, sans même les laisser entrer dans le bassin. Ils peuvent se plaindre autant qu'ils veulent, mais un jour, ils me seront reconnaissants. Et pas seulement eux, leurs familles, leurs amis, leurs partenaires de vie, leurs chats, toute la société. N'est-ce pas cela, le Rêve de Miden ? À l'inverse, la compagne restait toujours silencieuse et ne se réchauffait que lorsqu'elle se mettait à boire, et, alors, c'était pour se plaindre du vin de Miden. Résultat, une fois, je me suis permis de lui suggérer de manière très polie : « Pourquoi ne t'en occupes-tu pas avec le groupe des Pesticides Naturels ? » Elle m'a regardée comme si j'avais dit je ne sais quelle idiotie. Vous savez, je n'aime vraiment pas ce genre de regard ! Je suis une femme pragmatique : se plaindre ne sert à rien, à la longue ce n'est qu'une accumulation d'énergie négative. À cet égard, je voudrais aussi souligner que la compagne s'habille toujours avec des couleurs sombres. J'ai un diplôme en chromothérapie, je ne dis pas cela pour rien. Je l'ai souvent vue enveloppée dans son manteau gris qu'elle porte presque comme une armure. Le gris, c'est un no man's land. C'est la couleur de l'indifférence, la couleur du brouillard, l'archétype des cendres. Il indique le besoin de se défendre, de se réfugier dans l'anonymat. Même lorsqu'elle est tombée enceinte, elle a continué à porter ce manteau. Elle étouffait ce bébé sous une couverture grise. Il n'est pas nécessaire d'être expert en chromothérapie pour comprendre la violence symbolique inhérente à cette coercition. Par la suite, par l'intermédiaire du professeur, je lui ai offert un joli poncho à motifs orange. Elle pouvait le mettre sur son manteau, activer un processus d'énergie inverse, sans nécessairement opérer une substitution qui à ce moment-là aurait même pu s'avérer nocive pour l'enfant. L'orange favorise le nettoyage des chakras, stimule la créativité et le système immunitaire (pendant la grossesse c'est extrêmement important !). Il expulse également les toxines, inspire l'enthousiasme, l'optimisme.

En toute franchise, je ne l'ai jamais vue porter mon poncho.

Le compagnon

J'ai commencé à me demander si je serais un bon père. J'étais surpris que le questionnaire laisse de côté cet aspect. N'était-ce pas un point fondamental dans la perspective d'élever ma nouvelle famille à Miden ? Il y avait eu beaucoup d'enthousiasme à l'annonce de la grossesse, des sourires, des embrassades, de très mauvaises boissons, et puis le sujet avait glissé dans le silence : de l'embrouillamini des félicitations à une tacite suspension du jugement, comme si, après les applaudissements tonitruants à la fin d'un concert, les spectateurs relevaient le col de leur manteau sur le chemin du retour, troublés par leur propre réaction. Cette suspension ne pouvait pas durer éternellement, même si, d'une certaine façon, j'y contribuais moi aussi, le col relevé. Je n'ai jamais partagé la paranoïa de ma compagne, mais je devais lui donner raison sur un point : la grossesse était devenue une forme de maladie à l'issue incertaine. Une femme fragile aux côtés d'un homme controversé. En d'autres temps, je me serais réjoui de cette vision ambiguë de ma personne, j'aurais vu là les preuves de ma personnalité complexe, insaisissable. Mais je n'étais plus si jeune, je n'avais plus cette ambition. Je désirais simplement être un bon père. Et je voulais savoir comment les autres me voyaient dans ce rôle. Lire les questionnaires constituait une excellente perversion, comme trouver ouvert sur l'ordinateur un mail dont vous êtes le sujet. Le narcissisme fonctionne également dans le dénigrement, l'important c'est que l'on parle de vous. Et pourtant, rien ne se disait sur ma paternité. En quête de réponses, j'avais même commencé à lire l'horoscope : les astrologues étaient incapables de parler en termes intelligibles. C'étaient des cryptographies à déchiffrer, un irritant exercice d'herméneutique assaisonné d'une ironie fade. J'étais sûr que les étudiants qui échoueraient à mon cours finiraient par écrire des horoscopes drôles et inutiles, bien que le concept d'échec n'ait pas été envisagé par la société de Miden.

La compagne

– Partons d'ici, m'a dit mon compagnon dans un élan de courage, ou de lâcheté. On peut encore tout faire.

– Je crois que tu en as déjà assez fait.

Il a toujours eu une obsession pour les pionniers. Mais peut-être lui manquait-il le bon état d'esprit, un certain penchant pour les haricots en boîte, un air de loup solitaire. Tu ne vas pas explorer la frontière pour te taper des filles. Les pionniers restent entre eux, avec des haricots, autour d'un feu de camp ; tout au plus, ils prennent sous leur aile un gamin errant. Ils avancent à travers les terres dévastées. De toute façon, je n'aurais pas obtenu une autre allocation. Et l'idée de partager notre ration était moins romantique que je ne l'aurais imaginé.

Questionnaire n° 3

La professeure de photographie

Comment décririez-vous vos relations avec le professeur ?

Nous sommes collègues à l'Académie. Nous ne sommes pas très proches, mais je le respecte en tant que professeur et aussi en tant que personne. Nous bavardions avec plaisir, même si nous ne nous sommes jamais beaucoup fréquentés en dehors de l'Académie. Je ne sais même pas pourquoi, peut-être que je ne voulais pas qu'il prenne mon affabilité pour un rite de socialisation forcée, qu'il se sente piégé comme un touriste couvert de guirlandes de fleurs. J'ai préféré lui laisser prendre son temps.

Pourriez-vous énumérer trois qualités et trois défauts du professeur ?

Je pense que les qualités et les défauts des gens tendent à se confondre. Il est difficile de les dissocier. Une qualité peut s'avérer être un défaut dans certaines circonstances, et inversement. Permettez-moi de faire la seule distinction qui vaille à mon avis : il y a les gens qui s'intéressent aux autres et les gens qui ne s'intéressent pas aux autres. Je ne vous parle pas d'altruisme, mais plutôt de curiosité ou de vision. D'un certain élan du cœur, je ne saurais pas mieux le formuler.

C'est quelque chose d'évident chez mes élèves. Dans leur façon d'aborder un sujet, dans l'intention qu'il y a derrière, dans la volonté de s'impliquer. Le professeur ne se contente pas de contempler le monde, il en fait partie. Il a son lot de préjugés, mais c'est un homme passionné.

Vous souvenez-vous de votre première rencontre avec lui ?

Bien sûr. C'était à l'Académie. Il est venu se présenter, il m'a serré la main, s'est excusé pour sa prononciation. Il m'a demandé de lui répéter mon nom. Puis il l'a répété. Il s'attendait à ce que je le corrige, mais je n'avais rien à objecter. Je me souviens qu'il portait une veste en velours vert foncé, très élégante dans son genre. On ne voit pas souvent un homme arborer une veste à Miden. Je ne veux pas dire que cette veste donnait l'impression qu'il n'était pas à sa place, non, ça lui allait bien, ça lui donnait du style. Elle lui seyait tant que j'ai cru qu'il avait aussi des yeux de cette couleur, vert foncé. En réalité, ils sont marron. Avec le recul, je pense qu'il est très significatif que le professeur ait porté cette veste. Il avait récemment emménagé à Miden, c'étaient ses premiers jours à l'Académie, un autre – à sa place – aurait tenté de se camoufler, de ne pas se faire remarquer. C'est ce que j'ai toujours fait lors de mes voyages professionnels, quand je parcourais le monde en tant que photographe indépendante, avant d'enseigner. Il est inutile d'essayer de se conformer avec des habits, il faut étudier les modes d'un lieu comme les coutumes d'une tribu. Selon moi, Miden est une tribu, même si je sais que beaucoup d'entre vous seront horrifiés par cette déclaration. Bref, je ne veux pas dire que le professeur est un type excentrique, bien au contraire. Et en fin de compte, il s'agissait d'une veste plutôt sobre, mais c'était quand même une caractéristique distinctive.

Il était le seul à porter une veste, et il était clair – ou du moins c'est ce qu'il me semblait – qu'il tenait à cette veste. Qu'il l'avait mise dans sa valise avec une certaine tendresse, comme un souvenir. Bref, j'ai eu l'impression d'un homme avec une intégrité esthétique.

Le professeur vous a-t-il déjà manqué de respect ?

Comme je l'ai dit, le professeur est un homme qui s'intéresse aux autres. Il aime discuter. Pour moi, cela constitue une forme de respect. L'indifférence est un manque de respect. Ou un manque de tout. Il fait attention, par exemple, à ce que les autres ne s'ennuient pas en sa compagnie. Je trouve cette attention très estimable.

Connaissez-vous la fille ?

Oui, elle suit mon cours.

Le professeur vous a-t-il déjà parlé de la fille ?

Oui, mais certainement pas en termes sentimentaux, nous ne nous faisons pas ce genre de confidences. Si nous avons discuté de la fille, c'était au sujet de ses études et je n'ai jamais remarqué une disposition particulière du professeur à son égard. Ou plutôt, rien qui ne m'ait fait penser à quelque chose d'extrascolaire. Bien que cette considération ne soit pas tout à fait juste, puisque nous cherchons toujours à envisager nos étudiants dans un contexte plus large, lorsque nous parlons d'eux. Comment pourrait-il en être autrement ? N'est-ce pas notre travail ? Le professeur appréciait l'intelligence de la fille, même si elle n'excellait pas dans sa matière. D'ailleurs, dans la mienne non plus. Nous tombions tous deux d'accord sur un point : en tant qu'étudiante, elle faisait le minimum d'efforts et obtenait davantage que la moyenne. Je suis l'exact opposé, c'est pourquoi elle suscitait chez moi à la fois admiration et antipathie, mais c'est un autre sujet et je travaille sur moi-même pour équilibrer ma dynamique relationnelle.

Avez-vous déjà remarqué des comportements sexistes chez le professeur ?

Il serait impossible pour un homme sexiste d'enseigner dans des classes majoritairement féminines tout en conservant sa passion d'enseignant. C'est peut-être optimiste de voir les choses ainsi, mais j'en suis convaincue. Je ne nie pas l'avoir entendu faire des blagues sexistes. Et elles n'étaient pas particulièrement drôles, non parce qu'elles m'ont choquée mais parce qu'elles étaient totalement dépassées. Je me disais que, dans son Pays, le politiquement incorrect devait toujours être à la mode. C'est pourquoi son ironie me paraissait plus hors du temps que hors de propos. Je ne devrais pas être aussi indulgente, mais ce genre de plaisanteries ne provoque chez moi qu'une certaine sympathie, la même que j'ai envers les nostalgiques du hard rock. J'imagine qu'il est plus compliqué d'organiser une soirée revival de blagues passéistes – l'ironie vieillit, si elle ne fait plus rire, elle perd de sa valeur, ce n'est pas un whisky qui se bonifie en fût. Le professeur finira par se débarrasser de certains travers ; pour sûr, il ne supporterait pas la vue d'un public manifestant des signes d'ennui face à un humour daté. Sa veste de velours ne suffirait pas à le protéger. Moi aussi, lors de mes voyages, j'essayais de séduire tout le monde en jouant à la plus maline. Il m'a fallu un certain temps pour comprendre que cette dissonance cognitive ne produisait que de la rancœur, une vanité d'exploratrice romantique. J'ai pris beaucoup de mauvaises photos en me fiant à cette vanité. Il n'en ressortait que l'écume, une lumière tropicale trop intense, des visages expressifs qui débordaient de vie. C'était une illusion. Cette lumière n'existait pas et cette vie n'existait pas. Il est facile de tomber amoureux d'images si étrangères à notre réalité qu'elles semblent plus vraies que nature. Le problème, c'est que c'était moi qui projetais cette extranéité, et au moment où je la reconnaissais, je croyais avoir saisi quelque chose. Je m'exaltais. La beauté a disparu rapidement, la lumière tropicale est devenue tapageuse, les visages expressifs des masques ricanant. Ce ne fut pas facile de m'avouer que je n'avais rien compris à cet endroit. Pour l'heure, le professeur me semble être un homme s'accrochant à certaines habitudes de sa vie passée ; je le trouve très humain, à courir après sa jeunesse, qui ne reviendra pas. Je pense qu'il a idéalisé la plupart des choses qu'il croit avoir perdues à jamais.

Le compagnon

Je n'ai jamais été en contact direct avec la mort. J'ai deux grands-parents encore en vie, les deux autres sont décédés avant ma naissance. Je n'ai pas perdu d'amis, de parents, de parents d'amis. Je n'ai jamais assisté à des funérailles. Je n'ai jamais eu d'animaux de compagnie qui auraient pu m'abandonner, à part un poisson rouge que j'ai remis à l'eau, de ma propre initiative. Peut-être qu'à cause de cela, j'ai une idée quelque peu corrompue, limitée, de l'irréversible.

Je me suis souvent entendu dire : « Nous sommes à un point de non-retour. » Ça m'est toujours apparu comme une expression emphatique. Quoi qu'il advienne, il y a une possibilité de retour. Je ne parvenais pas à imaginer ces points – comme des îles perdues dans l'océan, submergées par les eaux. Vous pouvez toujours revenir, si c'est ce que vous voulez, mais si vous ne le voulez pas, eh bien, pas besoin d'évoquer la disparition de l'Atlantide. Par conséquent, même quand j'ai quitté mon Pays, je ne pensais pas avoir atteint un point de non-retour. Je n'aime pas ce désespoir extatique. En vérité, je le trouve criminel. C'est ainsi que doit penser un assassin : « Je ne pouvais rien faire d'autre. »

Mais depuis que les réponses aux questionnaires avaient commencé à arriver, je me sentais de plus en plus poussé vers un maléfique point de non-retour. Une force d'inertie qui m'emmenait à la dérive. Je ne résistais pas, tel un cadavre à la merci des vagues, du vent, des paroles des uns et des autres. Je ne m'attendais pas à cette évaluation de la part de ma collègue de photographie. Cet hymne sur ma capacité à m'intéresser aux autres, selon elle, pour qui je ne ressentais pas le moindre intérêt. C'était comme si elle avait saisi quelque chose d'invisible à moi-même. Mon détachement feint, mon air je-m'en-foutiste. Une arrogance de pacotille. « Celui qui critique n'est jamais indifférent », répétait ma mère. La vérité c'est que j'avais appris à apprécier Miden. J'y étais bien. J'aimais enseigner, j'aimais sentir l'odeur de l'Académie, les hormones des jeunes corps et de la térébenthine bio. Voir mes élèves abandonner leur timidité et changer de coupe de cheveux. Venir me chercher après les cours avec l'enthousiasme vulnérable de ceux qui viennent d'avoir une illumination et ont hâte de la partager. S'enflammer sur des questions fondamentales et fragiles, comme si le sort du monde était entre leurs mains. Et il l'était, en quelque sorte. Ils avaient l'âge qu'il en soit ainsi. J'aimais me réveiller dans une maison où rien ne m'évoquait le passé. Et pourtant, j'utilisais les regrets pour masquer ma peur. J'en imaginais de nouveaux tous les jours. Je les préparais avec soin. Je songeais à mon Pays comme un vieil homme nostalgique, un vieil homme à la con que j'aurais détesté autrefois. J'étais terrifié à l'idée de devoir quitter Miden.

La compagne

« Connaît-on vraiment la personne que l'on aime ? »

J'aurais aimé sentir le poids d'un tel doute, le frisson le long de ma colonne vertébrale face à une révélation soudaine, découvrir que la personne à mes côtés était un étranger. Mais en lisant les réponses aux questionnaires, je ne découvrais rien de nouveau sur mon compagnon. Exactement comme à la lecture de la lettre de la Commission. Je me sentais plutôt la destinataire d'une autre question : « Aime-t-on vraiment la personne que l'on connaît ? »

Ils constituaient une notice encyclopédique sur mon compagnon, un solide travail d'équipe, un partage des connaissances. Moi aussi, j'avais apporté ma contribution.

Je dois avouer que pendant un moment j'avais éprouvé ma petite dose de frisson, quand la professeure de photographie avait utilisé cette belle expression : « intégrité esthétique ». J'avais vu mon compagnon, dans sa veste vert forêt, sous un nouveau jour. Ou plutôt, sous une vieille lumière qui resplendissait à nouveau. Les yeux d'une autre femme qui appréciait son style, comme cela m'était arrivé quand je l'avais vu pour la première fois. Miden était pleine de jeunes gens émaciés aux cheveux fins et clairs, aux yeux vifs d'elfes et aux pulls en laine informes recouvrant leurs mains. Mon compagnon repassait ses chemises, ses gants et ses chaussettes n'avaient jamais le moindre trou. Lorsqu'il portait la barbe, elle ne dégageait pas une odeur rance de nourriture ou d'étable. Je me souviens que même sous la tente, il avait sorti ses chemises de son sac. Il n'y avait rien d'enfantin chez lui, ou d'approximatif. Je ne sais pas à quel moment ce passage s'est produit dans sa vie, mais lorsque je l'ai rencontré, c'était un homme, à tous les égards. Une figure d'homme particulière, avec son intégrité esthétique, comme disait sa collègue. Il ressemblait à un père avant même que je ne tombe enceinte, et sans jamais avoir, même un instant, évoqué cette hypothèse. Si bien que j'avais joué à faire la petite fille. Nous avions plaisanté sur mes jupes sales et mes colliers hippies. Lui était toujours plein de boutons à déboutonner, de ceintures à défaire, de vestes à enlever. Et dans l'oisiveté de mes journées de vacances, c'était l'une des rares activités qui m'occupaient. L'accès à mon corps était moins complexe, il suffisait d'un geste pour me déshabiller ou – plus simplement – il suffisait de glisser une main sous ma jupe. Avais-je également ma propre intégrité esthétique ? À en juger par ma transformation en quelques mois, je dirais que non. Parfois je me jouais de pathétiques scènes devant le miroir. Je mettais au point un regard chargé d'intensité, une moue avec ma bouche. Je me contemplais longtemps. Je me parlais sans dire un mot. Dans les films, ces moments d'intimité féminine face au miroir sont toujours révélateurs – le reflet qui ouvre sur des vérités cachées. Mon apparence dégageait une tendresse que je ne pouvais pas juger. Je n'étais pas prête. Je m'attendais à voir les signes délétères de mon insomnie, de mes récentes paranoïas, mais mon visage semblait lissé par une paix intérieure insoupçonnée. Ma peau était détendue, lumineuse. La beauté de la fille était absorbée par son traumatisme – moi, je cherchais le mien, les traces profondes qu'il avait dû laisser sur mes traits, mais l'enfant que je portais en moi avait teint ma peau de rose, passé un baume sur mes cheveux. J'avais une apparence saine et florissante. Quel genre de tourment une femme en aussi bonne santé pouvait-elle se permettre ? Rien de plus qu'un voile de tristesse sur le visage.

Le compagnon

Pendant l'attente du verdict, j'ai été suspendu par l'Académie. La directrice m'a appelé le matin même pour me demander de rester chez moi. Enfin, pas vraiment chez moi. Elle a invoqué l'inhabituelle journée ensoleillée pour me conseiller une promenade :

– Comme j'aimerais aussi pouvoir faire une balade… m'a-t-elle dit d'une voix fausse et mielleuse.

– Mais… ne vaudrait-il mieux pas que je l'annonce moi-même à mes élèves ? ai-je objecté.

– Non.

La comédie s'est terminée brusquement. C'était la première fois que je l'entendais prononcer un « non » aussi catégorique, intimidant et limpide, tel l'air de Miden.

– Les étudiants traversent une période difficile, a-t-elle repris. Il vaut mieux que tout le monde fasse une pause.

Bien sûr, j'avais déjà entendu de tels mots dans ma vie.

« Faisons une pause », m'avait dit ma première petite amie, nous n'avions même pas vingt ans. Le temps avait alors une autre dimension, et faire une pause signifiait exactement le contraire, cela signifiait le laisser couler, se soustraire à la stagnation et recommencer à vivre. Mais aujourd'hui, je ne savais pas comment combler cette pause, et elle m'était apparue dans toute sa monumentale faiblesse.

– Je suis désolée, a-t-elle ajouté avant de raccrocher.

– Moi aussi, vraiment.

Je suis sorti sans rien dire, je n'étais pas encore prêt à en parler avec ma compagne.

Comment est-on censé faire dans ce genre de cas ? On se réveille le matin, on se prépare, on quitte la maison, on fait semblant d'aller travailler, et ensuite ?

Le moment doit venir où on s'amourache de sa propre imposture, une arrogance de fumeur, des heures passées les yeux dans le vide à écraser des mégots sous le talon de sa chaussure. Un banc dans le parc. Une lecture soigneuse du journal. Attendre le coucher du soleil à un endroit où la lumière faiblit à peine. Je ne m'y voyais pas.

À l'heure à laquelle j'aurais dû terminer mes cours, j'ai reçu un appel d'un étudiant. Il m'invitait à son atelier pour me montrer quelque chose.

J'étais déjà allé dans les ateliers des étudiants ; à l'époque de ma relation avec la fille, je m'y rendais souvent tard le soir. Nous aimions baiser dans cette petite pièce. Le lendemain, quand elle y retournait pour terminer un projet, ça l'excitait de se revoir sous la table, ou attachée au chevalet comme à un crucifix, et moi ça m'excitait de l'imaginer en train de travailler aux côtés de son ombre gémissant, nue, dans cette petite pièce. La lettre de la Commission soulignait le fait que ma violence avait également envahi son espace créatif et qu'elle était donc encore plus insidieuse et malveillante. Une manipulation qui l'empêchait d'être libre dans son propre espace. C'était vrai. C'est précisément pour cette raison que nous aimions baiser là-bas, pour que chaque fantasme soit pollué, pour que nous ne nous sentions jamais libérés l'un de l'autre.

Une nuit où j'étais arrivé plus tard que prévu, je l'avais trouvée recroquevillée sur une chaise, nue avec une grande chemise à carreaux en guise de couverture. Sur la chaise, elle avait accroché une pancarte écrite dans ma langue : « Ta pute a dormi. Frapper elle. »

J'avais ressenti une infinie tendresse pour cette phrase maladroite, je lui ai enlevé la chemise et l'ai embrassée sur tout le corps. Elle était si heureuse en se réveillant qu'elle n'arrêtait pas de me répéter :

– Frapper elle ! Frapper elle !

– Sans *er*, lui ai-je dit. Frappe !

Mais elle continuait à chanter, rieuse :

– Frapper, frapper !

– Allez, arrête.

Elle n'a pas arrêté. Ça a fini par m'énerver. Il n'y avait plus rien de mignon, elle était juste irritante. Égocentrique. J'étais agacé par le son mutilé de ma langue, par la voix de petite fille qu'elle prenait. Je voulais qu'elle se taise. Je l'ai giflée en plein visage. Du revers, fort. Je ne l'avais jamais fait et elle a eu peur. J'ai eu peur, moi aussi. Je lui ai demandé pardon plusieurs fois. Je l'ai enlacée comme si elle pouvait fondre en larmes d'un moment à l'autre, mais elle est restée raide dans mes bras, sans pleurer, sans un mot.

– Tu me pardonnes ? lui ai-je demandé.

– Oui, a-t-elle répondu.

Peut-être n'était-ce pas vrai. Et peut-être qu'une fellation n'était pas le signe sans équivoque de son pardon. À ce moment-là, je voulais qu'il en soit ainsi, j'avais besoin de la sentir proche, et avoir ma bite dans sa bouche me semblait une forme de proximité. Ça n'avait même pas été agréable, j'étais venu vite, je voulais que cette mauvaise soirée se finisse rapidement. C'est le seul épisode dont le souvenir me fait souffrir. Et pourtant, elle ne l'a pas mentionné à la Commission.

Le lendemain, en classe, son visage avait encore la marque de ma gifle. On ne voyait pas grand-chose, une légère rougeur, mais sa peau transparente ne cachait rien. Ce matin-là, je n'ai pas réussi à détourner mon regard d'elle. Elle sentait mon malaise, mais dans ses yeux il n'y avait ni défi, comme je le souhaitais peut-être, ni compassion, comme je le craignais : seulement de la distance.

Je lui ai de nouveau demandé pardon dans le couloir, après la classe. Elle a coupé court.

– Arrête de t'excuser, a-t-elle lancé. Je ne supporte pas les gens qui s'excusent.

Quelques jours plus tard, je lui ai offert une bande dessinée dans ma langue, je me l'étais fait envoyer exprès de mon Pays. Je lui avais écrit une dédicace que j'espérais amusante : « Pour apprendre la conjugaison. » Je ne pense pas qu'elle l'ait jamais lue.

L'atelier de l'étudiant était identique à celui de la fille, mais bien mieux rangé. C'était comme une punition de me retrouver là, de tout et rien reconnaître à la fois. Sur la table en bois, la même que celle qui cachait la fille à quatre pattes, il y avait une sculpture que l'étudiant venait tout juste de terminer.

– Je l'ai faite en pensant à vous deux, a-t-il dit.

– Nous qui ?

Puis j'ai compris, et ce « vous » fut le plus beau cadeau que j'aurais pu souhaiter. Je savais que l'étudiant et la fille étaient amis, mais il ne m'avait jamais parlé d'elle. J'ai songé alors que personne avant ce moment n'avait jamais reconnu notre union, mais maintenant il y avait ce « vous », dont nous étions les destinataires. La sculpture s'appelait *Solution au dilemme du hérisson*. C'est moi qui avais parlé de ce dilemme en cours : « Les hérissons, par une froide journée d'hiver, se serrèrent les uns contre les autres pour se protéger du froid. Mais bientôt, ils sentirent leurs épines mutuelles, et la douleur les fit s'éloigner les uns des autres. Lorsque le besoin de se réchauffer les incita de nouveau à se rapprocher, ils eurent mal à nouveau ; de telle sorte qu'ils furent ainsi ballottés entre deux maux : le froid et la douleur. »

Ils parurent s'intéresser à l'histoire des hérissons, davantage pour sa qualité de fable que pour sa signification. C'étaient des animaux sympathiques. L'histoire n'avait rien de spectaculaire, elle finissait ainsi : « Afin de n'éprouver ni douleur ni froid, les hérissons trouvèrent une distance réciproque médiane, qui constituait pour eux la meilleure position. »

Sur la table de l'étudiant, il y avait deux hérissons glabres, sans épines, je crois qu'ils étaient en pâte à modeler. Ils avaient l'air fragiles, mais heureux, fixant un petit feu devant eux, une flamme en LED surmontant un petit piquet constitué par une épine.

– Une solution intéressante au dilemme, ai-je observé.

– C'est un cadeau pour vous.

Il a emballé la sculpture dans un carton. J'ai songé à lui poser au moins une question technique pour paraître moins maladroit, inepte, mais je ne savais pas quoi lui demander. J'ai ressenti une telle émotion que je ne parvenais pas à dire un mot, un sentiment de gratitude qui me paralysait.

– Tu n'as quand même pas tué un hérisson pour récupérer les épines ? ai-je demandé.

Il a esquissé un sourire complaisant et je me suis senti encore plus idiot, coincé avec ma boîte à la main, dans cette pièce familière et étrangère. Je l'ai remercié du même ton que celui que j'aurais pris pour présenter des condoléances.

« Mais comment as-tu pu tomber amoureuse d'un type pareil ? » Voilà ce qu'il aurait pu dire à la fille, à la première occasion, adossés contre un mur pour fumer, désinvoltes, sensuels. Cela me semblait une question plus que légitime.

La compagne

Les habitants de Miden ont un mot qui, selon eux, reflète fièrement leur esprit. On pourrait le traduire grossièrement par « accueillant », mais dans un sens plus chaleureux, familier, qui implique un effort conscient et dévoué pour recréer une atmosphère domestique et intime, le fameux foyer. Le mot existait avant que la langue de Miden ne soit réformée par la Commission spéciale, et déjà alors il reflétait l'esprit du lieu ; il apparaissait dans l'hymne national au milieu de vers sur les bois, les oiseaux et le feu. C'était l'un des premiers mots que les enfants apprenaient, c'était l'enseignement qu'on leur dispensait à la place du catéchisme. À l'âge des premiers béguins, c'était ainsi que les adolescents décrivaient une soirée qui s'était bien terminée. Évidemment, on ne pouvait pas faire explicitement référence au sexe, mais si un premier rendez-vous se révélait intense et agréable, la soirée dans son ensemble était définie comme « accueillante ». Après la réforme linguistique et l'avènement du Rêve de Miden, le mot avait encore étendu son champ d'action. Ils essayaient de rendre « accueillants » le cimetière, la décharge, l'unité de soins intensifs. Parallèlement, on avait repoussé les limites de l'embarras en matière de sexe, de telle sorte qu'il soit non seulement possible, mais nécessaire, de le qualifier d'« accueillant », tant dans le cas d'une aventure passagère que d'une histoire durable. Dans mon questionnaire, on me demandait si j'avais trouvé les relations sexuelles avec mon compagnon « accueillantes ». Plus précisément, on me demandait si mon compagnon et moi pouvions avoir des relations sexuelles « accueillantes ». Il m'est difficile d'évaluer la bonne foi de mes réponses. J'ai essayé de naviguer entre la sincérité, l'utilitarisme, la crainte pour l'avenir de mon enfant (que pourrait inclure une définition large de l'utilitarisme), la rancœur envers mon compagnon de m'avoir mise dans cette situation, et envers Miden de l'avoir générée. En outre, j'avais l'impression de devoir manipuler les événements afin que mon rôle évolue de figurante à celui de partenaire. À cette époque, il m'était plus simple d'imaginer ma vie à la manière d'un scénario, plus encore que je ne l'avais toujours fait. Je ne voulais pas de grandes scènes épiques, mais une résolution du drame cohérente avec le script. Ce ne devait pas être une idée si étrange, puisque à Miden des sessions thérapeutiques fonctionnaient ainsi. Ils incitaient les gens traversant des moments particulièrement compliqués à raconter leur histoire comme si c'était l'intrigue d'un film. Ensuite, ils recréaient des scènes avec des acteurs. Rien de nouveau, les constellations familiales tellement à la mode dans mon Pays suivaient le même procédé. Mais, ici, le mécanisme était la mise à distance, pour se voir incarné par quelqu'un d'autre. Personnellement, je n'avais pas besoin de cette distance pour « comprendre ». J'avais plutôt besoin que quelque chose se produise. Que je le fasse se produire. Que tout ce qui était arrivé depuis que la fille avait débarqué à la maison forme une trame solide, voire convaincante. Mais je ne voyais que mes propres efforts. Une réalisation grossière et laborieuse. Je me sentais doublement vaincue. D'un point de vue éthique et esthétique. Je n'avais rien à opposer au pragmatisme visionnaire de Miden, à sa séduisante simplicité. Je me croyais plus complexe, pleine de contradictions, mais je n'en avais pas l'ombre d'une preuve. L'acharnement avec lequel ils avaient réussi à transformer le sexe en quelque chose d'« accueillant » n'était-il pas beaucoup plus sujet à controverse ? Un acharnement qui avait été dissimulé par la suite, avec habileté stylistique, pour ne garder que le résultat dans toute sa pureté. Pendant que je luttais, laissant entrevoir chaque coupe, chaque mouvement de caméra. Pour parvenir à quoi ? À un sexe non « accueillant » ? Était-ce vraiment ce que je voulais ?

Le compagnon

Je me suis efforcé de prendre mon congé de l'Académie sportivement. Au sens propre du terme : je me suis consacré au sport. Le matin, j'allais courir sur le front de mer. J'avais arrêté de nager en prétextant que le chlore irritait ma peau. Mais c'était une excuse que je me donnais, la vérité étant que je n'avais pas envie de rencontrer du monde à la piscine. Je disputais des matchs de basket imaginaires l'après-midi. Il y avait un panier dans la cour.

J'imaginais mon enfant, encore dans la phase d'adoration du père, obligé de supporter l'ennui de ces après-midi dans la cour. Mais peut-être que nous nous amuserions vraiment, moi et mon fils, ou ma fille (à Miden, il était défendu de connaître le sexe à l'avance, afin de ne pas créer de conditionnements psychologiques), moi et cet être du futur à qui je ne parvenais pas encore à donner forme. C'est précisément pour cette raison, je crois, que j'ai commencé à donner forme à son monde. J'ai construit un berceau en bois, je l'ai peint en jaune, ma compagne l'a couvert de dessins abstraits au marqueur. Au final, il ressemblait plus à un panier pour chien, mais il était beau, je l'avais fait de mes propres mains et je le regardais avec fierté. Nous méritions ce bonheur. J'avais passé trois après-midi à construire le berceau. Ma compagne m'avait passé les vis et je l'avais surprise à sourire, elle m'avait enlacé par-derrière quand je prenais les mesures, elle avait acquiescé quand j'avais proposé « Jaune ? ».

– Ne faudrait-il pas consulter la chromothérapeute ? avait-elle plaisanté.

Elle m'avait accueilli de nouveau avec son ironie. Elle m'avait accueilli, juste comme ça. Je me sentais comme un fils prodigue. Moi pour elle, elle pour moi. Alors, s'il y avait des veaux gras à sacrifier, nous étions prêts. Les mains couvertes de peinture jaune et en tenue de bricolage. Nous nous étions habillés tel un charmant petit couple : elle en salopette avec un foulard retenant ses cheveux, moi dans un pantalon indien, qui était en fait le sien. En toute honnêteté, il ne me serait jamais venu à l'esprit de porter une telle chose, mais sur la photographie – en fait sur les nombreuses photographies – que nous avions prise, je ressemblais à l'homme que je devais être. Nous ressemblions à deux jeunes parents qui attendaient un enfant.

À présent que je passais plus de temps à la maison, je me rendais compte que ma compagne et moi avions fait de cet endroit un bastion contre la sinistre splendeur de Miden. Nous avions travaillé par contraste, pour compenser le sentiment de raréfaction lumineuse, d'air, d'immensité. L'espace était devenu plus exigu que nécessaire, contrevenant aux règles de base de la décoration intérieure. Les meubles étaient délibérément placés n'importe où, même là où ils ne servaient à rien, comme s'il s'agissait de gros insectes, terrassés par un soudain arrêt cardiaque. Nous aussi nous étions, tels des papillons géants, sur le point de percuter des obstacles par manque de visibilité, mais j'essayais de me convaincre que nous voyions juste ce qu'il fallait, que c'était nécessaire à notre alliance, un regard myope mais centré, chaleureux : que nous importait l'espace infini alors que le grésillement convulsif d'une ampoule nous aurait suffi ?

La compagne

Et c'est ainsi qu'a commencé la période des photographies. Ou plutôt, la deuxième période des photographies.

La première avait eu lieu pendant la phase de séduction, quand j'avais rencontré mon compagnon. Je me promenais avec le vieux Rolleiflex de mon grand-père – ce que font les filles avec le vieux Rolleiflex de leurs grands-pères. Elles aiment le mot Rolleiflex. J'y avais mis une pellicule en noir et blanc et j'avais entamé un reportage artistique sur mes vacances, qui s'était par la suite transformé en une série de cartes postales d'amoureux débutants. Miden est particulièrement photogénique, mon futur compagnon et moi tentions de ne pas jurer dans le paysage. Ou dans les portraits indéchiffrables à l'intérieur de la tente. Le noir et blanc faisait son travail, notre velléité aussi. Ce sont ces photos qui m'ont convaincue de déménager à Miden. Du moins, c'est ce que je m'étais raconté à moi-même. Et de toute façon, au final, ce que vous vous racontez finit par devenir la vérité. Par la suite, le vieux Rolleiflex de mon grand-père est resté abandonné dans un coin avec le lot de pellicules périmées que j'avais amené de mon Pays. À peine arrivée à Miden, je m'étais promenée en ville avec l'intention de prendre des photos. Je ne sais quel effet je pensais que produirait la pellicule périmée, mais je n'eus aucun moyen de le savoir, car j'avais mal inséré le rouleau et je n'ai pris aucune photo en définitive. Non qu'il faille tout interpréter comme un signe, mais en général il ne m'en faut pas beaucoup pour abandonner. Le reste des pellicules a encore périmé quelque temps. Un jour, mon compagnon les a prises pour les jeter. Je n'ai émis aucune protestation.

Puis vint la deuxième période des photographies. Nous lui avons imaginé des noms en plaisantant. Notre période bleue. Rose. Africaine polaire. Notre période de merde. Notre période de l'attente. Nous avons construit un berceau. Jaune, une couleur que j'ai toujours détestée. C'était un bon début. Nous avons projeté de prendre des photos pour notre enfant. Nous voulions qu'un jour il puisse voir à quoi ressemblaient ses parents alors qu'ils se préparaient à cet âge adulte dont ils faisaient en réalité déjà partie. Lors de notre rencontre, mon compagnon m'avait offert le livre d'un photographe qui avait adopté une petite fille et fait pour elle un reportage sur son pays d'origine. Le cadeau appartenait à notre période romantique et je l'ai pris pour ce qu'il était : un livre qu'il voulait partager avec moi. Par la suite, ses implications sont devenues plus évidentes. Comment devions-nous nous comporter ? Devions-nous, nous aussi, avoir une ambition artistique lorsque nous immortalisions notre vie pour notre enfant ?

Moi, j'avais mon projet en parallèle, un défi personnel. Mes parents me demandaient des photos de mon ventre comme s'il était possible d'entendre le battement du cœur à travers le grain de l'image. Je leur refusais scrupuleusement cette satisfaction en envoyant des photos de notre période bleue, rose, de merde, de l'attente, où je posais avec mon compagnon. Deux parents tellement affairés que le ventre était une distraction.

On ne le voyait jamais, ce ventre, sur les photos. Il y avait mon visage. Mes cheveux sous le bandana. L'air cristallin de Miden. Le berceau jaune. Les papillons en papier suspendus dans la chambre. Mon corps vu de dos, arrondi mais pas trop. Mon cul maternel dans la pénombre. L'entendait-on quand même, le battement du cœur ? Ma mère m'envoyait toujours une montagne de baisers. Elle ne m'embrassait pas mais elle envoyait les baisers. Je lui envoyais les photos, sans le ventre. Elle envoyait les baisers, sans le contact. Nous ne nous étions jamais touchées de notre vie. Je détestais son corps et à présent, je le voyais prendre possession du mien. Cela faisait quelques années que je commençais à lui ressembler. Et elle, envoyait des baisers au corps de sa fille qui était devenue une extension de sa maternité.

« Je ne ferai jamais d'enfant à cause de toi ! » lui avais-je crié tant de fois. Elle n'avait jamais perdu son calme, me répétant la même réponse sans appel : « Quand tu seras mère, tu comprendras. »

Et qu'est-ce que j'y comprenais maintenant que j'allais devenir mère ? Qu'il y a des endroits sombres, des malheurs profonds et des ambitions dormantes sous cette vérité intemporelle.

Et ainsi, je recevais ses baisers et je prenais les photos. Parfois, j'étais surprise par la beauté inattendue de mon sourire. J'allais être une meilleure mère ne serait-ce que grâce à cela, me disais-je. Je ne me rappelais pas ma mère souriant, même sur une photo. Mais c'était un mensonge. Nous avions le même sourire et elle souriait sur toutes les photos. Pas besoin d'être heureux pour minauder devant l'objectif.

Le compagnon

J'ai rêvé que la fille me présentait ses excuses. Puis elle ajoutait : « Toi aussi, tu dois t'excuser. » Et moi, je lui répondais : « Non, je ne pense pas. » Et elle : « Si, tu le dois. » Cela durait un moment. Juste ainsi, moi qui disais non, et elle qui disait si. Mais ça l'amusait et elle me provoquait. Et on finissait par baiser. Peut-être n'est-ce pas tout à fait exact de parler de rêve, car ça a commencé alors que j'étais dans un demi-sommeil, guidé par mes pensées, mais le sexe avait dû arriver alors que je dormais, puisque j'avais eu une pollution nocturne. J'ignorais si ma compagne l'avait remarqué. Ce n'est pas impossible vu son insomnie qui était passée de pathologique à presque idéologique. J'avais l'impression qu'elle me contrôlait pendant que je dormais. J'avais l'impression qu'elle me contrôlait aussi quand j'étais éveillé. Elle disait ne pas vouloir perdre notre intimité. Ce n'était pas pour me contrôler. Mais pour m'empêcher de devenir un étranger. Ce matin-là, elle m'a dit :

– Peut-on parler ?

Elle avait un air mélancolique. C'est elle qui m'a préparé le café. Elle le boit sans sucre et ne comprend pas qu'il puisse en être autrement. Mais j'ai apprécié qu'elle me l'ait apporté au lit avec un verre d'eau. J'ai été vraiment très sensible à ces petits gestes. J'étais facilement ému.

– Moi aussi, j'ai répondu au questionnaire, a-t-elle déclaré.

– Je sais.

Nous n'avions jamais discuté de ses réponses. À cette époque, il en fallait peu pour que quelque chose glisse dans le domaine du tabou. La Commission ne m'avait pas encore envoyé son questionnaire rempli et le règlement stipulait que je ne devais pas le lire avant de le recevoir par leur biais. Mais personne ne l'aurait jamais su. Ce n'était qu'une question de conscience, ou plutôt de conscience induite, comme tout à Miden.

– J'ai écrit que nous avions eu du sexe violent.

Cette expression me faisait sourire. On aurait dit une vague catégorie de porno pour quand on ne sait pas quoi chercher.

– Tu as bien fait, ai-je répondu. Mais qu'est-ce que ça signifie ?

– Tu le sais parfaitement.

– Non, je ne le sais pas, le concept me paraît un peu générique.

Elle est devenue encore plus mélancolique et je me suis senti con. Je la traitais comme un membre de la Commission.

– Mon amour, lui ai-je dit.

Nous nous sommes enlacés. J'ai senti l'étreinte douce de son corps. Je m'étais surpris en l'appelant ainsi et je savourais cet étonnement sincère.

– J'ai l'impression de t'avoir trahi, a-t-elle repris en se dégageant.

– Mais comment ça ?

– Je n'ai pas été de ton côté.

Perdre nos moments de sincérité était devenu si facile. Elle disait vouloir parler, puis lâchait des phrases toutes faites. J'ai repensé à mon rêve avec la fille. À nos provocations espiègles. Encore des phrases toutes faites. N'étais-je capable que de cela ?

– Tu as fait ce que tu avais à faire, ai-je répondu, prolongeant notre échange de tristes répliques.

Mais j'essayais, au moins dans le ton de ma voix, d'insuffler un peu de conviction, à elle comme à moi.

– Tu penses que nous sommes amoureux ? m'a-t-elle demandé telle une adolescente effrayée.

– Oui, je crois que oui.

– Et cela nous suffira ?

– Bien sûr.

– Pourquoi t'es-tu fié à elle ? Si ça détruit notre vie, je ne pourrai pas te le pardonner.

– C'est comme si tu me demandais pourquoi je me suis fié à toi.

– Ce n'est pas pareil.

– Quelle est la différence ?

– Nous construisons un futur. Avec elle tu n'avais foutrement rien à construire.

Elle a pris sa tasse de café et s'est levée. Je déteste devoir courir après les gens. Même si, en l'occurrence, il ne s'agissait que de quelques mètres. En plus, c'était l'une des rares occasions où je pouvais prendre mon café au lit. Je pouvais entendre ses sanglots dans l'autre pièce. J'ai réessayé ces mots dans ma tête : « mon amour », je n'arrivais pas à les prononcer. Ils étaient toujours vrais, mais ils avaient perdu leur poids, ou peut-être au contraire étaient-ils devenus lourds.

Quand elle me parlait de l'avenir de cette manière menaçante et catastrophique, ça me mettait hors de moi. L'avenir était devenu un chantage. Je l'entendais pleurer et je ne parvenais pas à me lever. Je songeais à son oubli et je ne parvenais pas à me lever. C'était si difficile de mettre une cuillère de sucre dans le café ? Je commençais à détester l'avenir, de tout mon être.

La compagne

Je pourrais commencer ainsi :

C'est jour de fête. Le vent souffle une douce bruine contre les vitres brillantes des maisons. Les rues sont encore couvertes du gel de la nuit à peine terminée et, dans sa course vers la mer, la parade semble glisser, amusée, sur l'asphalte. Les bannières suspendues aux fenêtres créent une vague colorée. Les enfants défilent en se tenant la main. Ils portent de drôles de chapeaux et des gilets arborant le symbole de Miden, un poisson sympathique aux yeux ronds. À la fenêtre, la femme pèle une orange avec ses mains rouges du froid. Elle ne connaît pas l'histoire de ce petit poisson, et songe à en inventer une. Ô mon petit poisson, je t'ai attrapé, mais tu étais déjà dans mon cœur ! *Elle entend les enfants chanter. Et qu'y a-t-il dans le cœur de la femme ? D'autres petits poissons ? Des créatures d'un autre temps. Les souvenirs la font revivre. Elle repense aux ragondins autour de l'étang, dans son Pays lointain. Quand elle était petite, son grand-père l'y accompagnait avec un sac empli de miettes. Il avait un nom pour chaque ragondin.* Ce sont des rats ! *lui avait un jour crié une autre fillette pour l'effrayer, mais elle ne s'était pas effrayée, parce qu'elle pouvait les appeler chacun par leur nom. Un matin, les ragondins n'étaient plus là. L'étang était couvert de nénuphars.* Grand-père, où sont-ils allés ? *La femme a eu peur de l'eau pendant longtemps. L'eau sombre de l'étang qui avait englouti ses ragondins. Sous la couverture de nénuphars, la mort se nichait. Aujourd'hui, la femme n'a pas peur de l'eau et ne craint pas la mort. Elle regarde les enfants défiler par la fenêtre, il y a dans son cœur les souvenirs de ce qu'elle a été, tandis qu'à côté palpite ce qui sera.*

Le compagnon

C'est le jour des célébrations de Miden que j'ai sérieusement songé à partir. J'en avais déjà parlé avec ma compagne, mais c'était plutôt un délire, un instant entre emphase et mélancolie, ou un simple instant de colère, de ceux dans lesquels on délire et on joue au rebelle. Au fil des jours, alors que je lisais les réponses aux questionnaires, hébété par ces mots, j'ai vraiment commencé à me demander ce que je faisais à Miden.

Tout comme je me l'étais demandé des années auparavant, quand j'avais quitté mon Pays. « Quelque chose s'est cassé », dit-on dans certaines circonstances. C'était visiblement l'une d'entre elles. Je pouvais aussi me permettre de raisonner en termes de rupture, de résister à l'écoulement du temps. J'étais plus mature qu'à l'époque, peut-être moins sensible à l'attrait du changement, mais aussi dur que nous travaillons à faire de notre vie une cage confortable, il nous reste toujours cette marge d'obstination. Le plaisir des enfantillages : se sentir offensé si les choses ne se passent pas comme nous le voudrions et menacer de tout abandonner. Plus nous croyons faire certains choix pour nous-mêmes, plus nous avons besoin de prouver quelque chose aux uns et aux autres. Je ne me sentais pas très différent du garçon qui prépare son sac en prévoyant comment s'enfuir de chez lui. La seule différence, c'est que j'avais choisi ce chez-moi. Raison de plus pour laquelle rien ne m'empêchait de revenir sur mes pas. Il suffisait de changer de perspective, ce n'était pas moi qui avais déçu Miden, c'était Miden qui m'avait déçu. Ce serait à Miden de me regretter.

La fille avait subi le TRAUMA n° 215, moi aussi je subissais mon propre trauma. À retardement, exactement comme elle. Presque tout ce qui m'avait attiré à Miden révélait à présent son visage trompeur. Selon les sondages officiels, je serais toujours un homme heureux. Un homme heureux qui craint de perdre son statut. Tellement effrayé qu'il confond la peur de la perte avec une promesse de bonheur. Alors peut-être que le visage trompeur était le mien, le sourire de l'enfant qui prépare sa fugue.

Après tout ce temps, je me rendais compte que j'avais quitté mon Pays simplement pour me venger, même si je ne savais pas bien de quoi. Les motivations de chacun s'étaient perdues dans le récit du grand exode. Un jour, quelqu'un écrirait le roman définitif de notre migration à bout de souffle, nous le lirions à distance, devenus si étrangers à nous-mêmes que nous nous reconnaîtrions dans chaque détail. Mon ex-fiancée partie avec mon ami incarnerait l'érosion de l'État-providence. Toutes ses larmes des derniers mois ont sublimé des années de cotisations sociales non payées. Ma soudaine impuissance sexuelle, les assauts nocturnes désespérés, ma frustration alors que je préparais mon dossier pour Miden n'étaient que les effets interchangeables de la crise financière. Même moi, je m'étais convaincu que je pourrais avoir à nouveau une érection dans un Pays prospère. Le fait est que je n'avais les moyens ni pour une analyse, ni pour un examen médical, ni pour une prostituée. Je pouvais donc croire ce que je voulais, personne ne me contredirait. Et de toute façon, nous n'avions plus de raisons de nous contredire. Nous étions toujours d'accord. Solidaires dans le mal commun, tous logés à la même enseigne. C'est la merde, on opinait du bonnet, la merde grandissait, on se défonçait à l'herbe, après quoi on pouvait aller se coucher. Mon impuissance avait duré douze semaines. Puis, un soir, j'étais passé voir ma mère, qui était en compagnie d'une collègue et de sa fille. « Peux-tu les raccompagner ? » m'avait-elle demandé. Je les avais raccompagnées. La collègue de ma mère était sortie de la voiture, complice : « Les jeunes, vous ne voulez pas aller boire un verre ? » Elle nous avait tendu un billet comme à deux gamins. Sa fille l'avait aussitôt empoché. « Bienvenue dans la télé-réalité des mères sans vergogne », avait-elle plaisanté. Elle m'avait immédiatement plu. J'avais déplacé la voiture d'une dizaine de mètres pour rouler un joint. Elle commençait à peine à déboutonner mon pantalon que j'étais déjà dur.

La compagne

Je pourrais commencer ainsi et finir autrement.

Moi aussi j'ai accroché une bannière à ma fenêtre, mais je ne suis pas sortie. J'ai regardé les enfants défiler sans me montrer. Sans même une main exposée au vent pour un salut. Je les ai littéralement espionnés, retranchée dans la maison. Plus tard, les étudiants auraient défilé. Puis tous les autres, pour se retrouver sur la plage, allumer des feux de joie, s'asseoir autour – jambes croisées et ciré sur le dos – pour le concert final. Un petit groupe que j'aimais devait jouer. C'est mon compagnon qui me l'avait fait connaître, le batteur était l'un de ses élèves. Un garçon plutôt mignon que j'avais essayé d'amadouer une fois dans un café par un de ces échanges légèrement confus qui sont censés arracher au moins un sourire, mais vu que c'était surtout moi qui parlais, ce n'était même pas vraiment un dialogue. Le garçon s'était avéré tout aussi mignon qu'inutilement taciturne, il me faut donc avouer que ce ne fut pas ma meilleure prise, mais j'aimais leur musique et je serais allée les écouter avec plaisir, assise devant la grande scène aménagée pour les célébrations de Miden, si je n'avais pas été terrifiée à l'idée de m'asseoir en tailleur au milieu des autres, vu que désormais je ne parvenais pas à tenir cette position plus d'une demi-minute. Et ce n'était qu'une partie du problème.

Je ne m'étais pas montrée à la Commission des Pesticides Naturels pour préparer notre petite procession, je ne m'étais montrée nulle part depuis des jours. Je n'avais même pas préparé de gâteau, ni de quiche, ni rien d'autre à emporter à la plage pour la soirée. Je ne m'étais pas mise à la fenêtre pour saluer le défilé des enfants, je n'avais pas compté les jours sur mon calendrier avant la grande fête de Miden. Mon compagnon était sorti le matin. « Je vais voir quelle est l'ambiance », avait-il annoncé. Il ne s'était jamais beaucoup intéressé aux célébrations de Miden, mais allait volontiers au concert. Lui aussi jouait de la musique, fut un temps. Je veux dire, dans notre Pays. Il m'avait fait écouter, rien d'exceptionnel, mais certains morceaux étaient cool. Puis il avait arrêté, ce qui l'avait conduit à une sorte de deuil prolongé et indéfini. Quand il m'en parlait, je hochais la tête, mais je ne comprenais pas vraiment. Il ne l'exprimait jamais en termes de simple frustration, il évoquait plutôt une ambivalence existentielle qui lui donnait une certaine aura. Lui non plus, à mon avis, ne savait pas bien l'expliquer. L'ambivalence ressemblait à une forme de réticence violente qui était vitale pour lui, et qui me paraissait surtout de l'auto-apitoiement complaisant. Quoi qu'il en soit, chaque fois que je lui disais : « Allez, joue-moi quelque chose », son regard se brouillait, et il s'assombrissait, comme pour souligner le fait que non, je ne pouvais tout simplement pas le comprendre. Et de fait, il avait raison, je ne le comprenais pas.

Je savais qu'il avait eu en tête de monter un groupe avec la fille. Avant toute cette histoire, je l'avais même encouragé à reprendre contact avec elle. Mais j'étais confrontée alors à un mystère. Il devenait aphasique, pas taciturne comme le batteur, mais comme submergé par des souvenirs intolérables. J'ignore pourquoi cette histoire de musique m'importait tant. Peut-être que j'aimais l'idée de mon compagnon un instrument à la main. Ça m'excitait. D'une manière un peu perverse, l'idée de voir un groupe de jeunes dans la maison, après les répétitions, avant les répétitions, dans un moment de détente le soir, m'excitait : j'aurais eu l'impression de faire partie de la bande, à vapoter de l'herbe dans le salon, enlaçant mollement mon compagnon pendant que deux autres se pelotaient, et qu'un troisième se pavanait en pantalon en cuir. Bref, ça me paraissait excitant, même si je me sentais stupide. Mais au moins, nous aurions tous été stupides, un peu éclatés, un peu exaltés, j'aurais déclamé des vers fantastiques, quelqu'un aurait improvisé sur-le-champ. Le lendemain matin, nous en aurions ri, écorchant les mots, la bouche encore pâteuse, ces rires qui me manquaient, me sentir taquinée avec une confiance qui ne semblait plus possible.

Le compagnon

Je suis revenu avant que le défilé n'arrive à la plage. Même la mer s'était retirée, un peu avant moi. Ma compagne n'avait pas bougé de la maison. Je l'ai retrouvée près de la fenêtre comme dans un tableau. L'ombre de son ventre créait sur le mur la silhouette d'un étrange animal endormi. Je lui ai mis sur la tête le bonnet surmonté d'un pompon qu'on m'avait donné dans la rue. Je ne savais pas comment aborder le sujet. Alors je l'ai regardée avec le bonnet sur la tête et je l'ai prise en photo.

– Et si ça devenait une photo-souvenir ? ai-je commenté.

À cette époque, nous faisions beaucoup de photos de grossesse, par conséquent ce que je voulais dire n'était pas bien clair.

– Peut-être qu'un jour, cette photo nous fera un souvenir, ai-je repris, jetant une lumière vaguement apocalyptique sur mon incapacité à m'exprimer.

– Tu me quittes ? m'a-t-elle demandé en ôtant le bonnet.

Certes, j'avais tourné autour du pot, mais sa formidable inclination à l'optimisme m'a toujours frappé.

– Non, bien au contraire.

Elle m'a regardé comme si elle réfléchissait à ce que pouvait être le contraire de se quitter, à part le fait d'être ensemble, rien qui ne l'ait fait tilter avec le bonnet-souvenir.

– Nous pourrions être ceux qui reviennent, ai-je poursuivi dans mon flou poétique. Peut-être qu'un jour on parlera de nous comme d'une génération. La génération qui revient.

Ce soir-là, j'ai préparé un dîner que j'espérais plus inoubliable qu'il ne le fut en réalité. Avec ma compagne, il nous arrivait de parler avec émotion des plats de notre enfance. Ce genre de nostalgie était déjà très vivace avant de quitter notre Pays, avant de partir pour Miden, avant qu'elle ne me rejoigne. Lorsque l'Effondrement avait commencé à miner nos vies, des poches de résistance s'étaient créées autour de ce lointain principe communautaire : « Tu te souviens des coques pêchées en mer ? », « La saveur de noisette de la crème glacée ? ».

En ce temps-là, nous pensions que, si seulement nous pouvions revenir à la sauce tomate de nos grands-mères comme au bouillon primitif qui nous avait engendrés, nous aurions pu remettre les choses en ordre.

Les fringales après des soirées à trop fumer n'étaient plus une réaction chimique, mais un besoin de puiser dans notre héritage. Nous écoutions les chansons diffusées à la radio. Nous nous amusions de leur superficialité extravagante, des paroles audacieuses pour faire marcher une rime, nous exaltions la folie des autres parce qu'elle nous exonérait du gaspillage de notre intellect. Les bouffons finissaient à la radio, nous non, nous n'y aurions jamais mis les pieds. Nous chantions les pires refrains sans nous en soucier – ces paroles ne nous concernaient pas, nous n'étions pas tenus d'éprouver ces émotions. Nous faisions une montagne de spaghettis à la sauce tomate et même cela était devenu un rituel nostalgique, à réactiver des regrets déjà éprouvés. Comme pour dire : « Vous vous souvenez de l'époque où on se défonçait à mort pour se gaver ensuite de pâtes à la sauce tomate ? »

Parce que, oui, nous l'avions déjà vécue, cette époque. Nous avions déjà été jeunes de cette manière. Ensuite, nous étions devenus adultes, nous étions allés au restaurant, nous avions commencé nos froides dissertations sur la nourriture, nous nous étions haïs, enviés, nous avions prétendu boire mieux que nos parents, nous avions décoré de belles maisons, nous avions accumulé des magazines qui parlaient de nous, nous avions écrit des magazines qui parlaient de nous, nous avions sélectionné la bonne musique, nous l'avions produite, nous avions servi des tartares géométriques, nous avions planté de l'aneth et du thym citron, nous avions planté aussi la meilleure herbe, nous avions arrêté de mal nous droguer. Et pourtant, nous voici de nouveau, de nouveau colocataires, replongés dans une deuxième jeunesse imposée, où nous savions distinguer un bon vin d'un médiocre mais où tout ce que nous voulions était la consolation posthume d'un tas de pâtes en sauce. Et, quand il était devenu évident que nous n'avions pas d'autre choix que de partir, à moins d'avoir l'ambition de passer le reste de notre vie à nous enfiler des joints et des glucides, les profils de nos réseaux sociaux s'étaient remplis de nos tentatives d'exilés pour retrouver les plats qui nous avaient nourris. Au sens littéral. Nous publiions des photos grotesques de recettes ratées, car le problème c'était la distance, et, comme on dit, aucune crêpe ne retombe sur la poêle en pays étranger.

C'était ainsi que nous parlions de nos vies passées : « Qu'as-tu cuisiné aujourd'hui ? »

D'autres formes d'amour tout autant transmissibles nous échappaient.

Mais, maintenant que j'avais pris ma décision, c'était celle-là, ma forme d'amour : ma compagne, mon enfant, mon Pays.

J'avais déjà tellement de passé derrière moi que je n'aurais pas su où mettre la fille.

Il n'y avait plus de place pour l'accueillir, il n'y avait plus rien que j'aurais voulu lui donner.

Dans mes souvenirs, c'était toujours le meilleur sexe que j'aie jamais eu. Mais le plus triste était que – même dans mon imagination – ce ne serait jamais plus comme avant.

La compagne

« Nous pourrions être ceux qui reviennent », m'a dit mon compagnon. Cela ressemblait à un scénario de film d'horreur. Mais où nous aurions été des zombies encore à moitié humains, peu menaçants : nous n'avions pas vu d'horreurs qui nous auraient rendus muets, nous n'avions pas connu la mort, nous n'étions pas assoiffés de sang, mais seulement de bon vin.

Défaire sa valise est une opération extrêmement fastidieuse, j'ai souvent laissé mes bagages intacts des mois entiers après un voyage. Je me justifiais toujours en enrobant ma paresse d'un sentiment de douleur, comme si cela me faisait vraiment mal de mettre les vêtements sales dans la machine, de combler les trous de l'armoire à chaussures, de vider la trousse de toilette souillée de lait démaquillant. Je feignais d'entrevoir dans cette remise en ordre un sentiment oppressant de déterminisme. Je laissais ainsi les valises en travers du passage dans le couloir, ou jetées dans un coin de la chambre, une forme doctrinale de procrastination, même si au fond de moi je savais que c'était ma paresse qui l'inspirait. Malgré cela, je soufflais quand on se plaignait de l'encombrement et je poussais des soupirs tellement affligés qu'ils faisaient passer l'envie de discuter, si ce n'est avec des soupirs encore plus affligés.

« Laissez-moi tranquille » était le message, exactement le même que celui renvoyé par la valise.

Et pourtant, défaire les valises commence par être excitant, quand tu en sors ce que tu as acheté pendant ton voyage. Les cadeaux, une robe plus osée que d'habitude, une friandise originale. Si j'imaginais ce moment, l'idée du retour me rendait joyeuse, d'une joie très simple et légère que je n'avais pas ressentie depuis longtemps, comme une fête surprise particulièrement réussie. Mes amies et moi aurions essayé les sabots devant le miroir et j'aurais donné les barres de poisson séché aux petits cousins qui les auraient brandis comme des mini-sabres laser puants, pour ensuite les lécher et les recracher dégoûtés. J'aurais montré mes photos, et nous en aurions pris d'autres : mon père posant avec des moufles de laine brute – *tout le monde en porte à Miden, papa* –, ma mère avec l'affiche d'un film dont je n'aurais jamais entendu parler, choisie exclusivement pour le fond turquoise, sa couleur préférée. J'aurais porté le bonnet avec le pompon. J'aime les souvenirs, ils n'ont rien à prouver, ils ont leur propre dynamique et c'est tout. J'aurais pu passer un après-midi entier, par exemple, à choisir un joli couvre-chef, à évaluer ce que gagnerait mon visage avec ce machin, à définir les limites du mauvais goût, et si je le voyais en ces termes, j'avais l'impression que ma vie n'était rien de plus qu'un flux sans fin d'après-midi similaires. Mais le bonnet avec le pompon serait resté à jamais hors de ce genre d'inquiétudes, hors du petit théâtre de l'insécurité et de l'approbation. J'aimais sa docilité. Il n'avait rien d'autre à faire que s'installer sur ma tête comme une tasse sur une soucoupe.

Le compagnon

Le lendemain des célébrations de Miden, il y avait partout dans les rues des affiches représentant une photo de groupe sur la plage. Les gens étaient harmonieusement répartis sur le rivage, un masque argenté en forme de disque leur couvrant tout le visage, avec deux trous pour les yeux et un grand sourire en guise de bouche. Ils ressemblaient à des dessins stylisés d'enfants, un gros visage rond pour la tête avec en dessous une paire de bras et de jambes. Certains se tenaient par la main, d'autres adoptaient une posture méditative. La photo accentuait la stylisation, les tons contrastés, la mer complètement plate derrière, la ligne claire de l'horizon. « Nous sommes le peuple » était écrit dans le ciel au-dessus du cortège de masques argentés, les lettres simulant des nuages colorés pour s'harmoniser avec le paysage. C'était mon Académie qui avait imaginé l'idée des masques. Pendant des jours entiers, les étudiants avaient découpé des disques de carton argenté, autant de sphères lumineuses et identiques qui devaient représenter les habitants de Miden pour ce qu'ils étaient et voulaient être : le peuple. L'égalité sociale derrière le masque rond, le bonheur exprimé par le sourire de tous. Il n'y avait pas de fille avec son traumatisme sur cette photo, ni de réponses aux questionnaires, ni moi. Il y avait le peuple, *le peuple heureux*. Avoir déserté les célébrations et la photo de groupe me faisait me sentir encore plus exclu que je ne l'étais déjà ; et c'était là la version digne. Dans la version plus sincère, je me sentais comme un gamin grincheux qui, au lieu de mettre un masque, se cachait dans sa chambre pour bouder. L'équipe de football qui me rappelle sur le terrain après une vilaine faute, et moi qui ne me présente pas. Quel idiot. Ils m'avaient offert une nouvelle possibilité, même si sa nature transitoire était évidente, et je l'avais rejetée. Mais le renversement du carnaval n'avait-il pas toujours fonctionné ainsi ? Alors pourquoi ne pas en profiter, si même dans les sociétés les plus injustes et les plus impitoyables de l'Histoire, des hordes de misérables et de marginaux avaient pu le faire ? Je l'avais même enseigné à l'Académie. Ce concept fascine toujours les jeunes, je ne saurai dire exactement pourquoi. Peut-être titille-t-il un désir latent de vengeance ou de vanité, peut-être semble-t-il frivole et profond à la fois ? De toute façon, je n'avais rien renversé, je n'avais pas mis le masque souriant, j'avais seulement subtilisé ce bonnet à pompon pour l'apporter en gage à ma compagne.

L'idée de quitter Miden, avant même que ne soit rendu le verdict, m'incitait à cette forme d'aliénation, un confinement où me blottir avec ma compagne et notre futur enfant. Je cultivais à la fois le confort et le ressentiment, ainsi qu'une névralgie tenace. J'étais un adolescent et un homme adulte. Je ne peux pas dire que, à ce moment-là, nous nous sentions comme une famille heureuse, peut-être même pas comme une famille. Mais nous étions nous, et nous voulions l'être le plus possible.

Cependant, face aux affiches placardées partout dans la ville, j'éprouvais de la nostalgie pour l'esprit de Miden. Les premiers matchs avec l'équipe. L'esprit de compétition insouciant. Tu peux traiter cela avec ironie que si tu en fais encore partie. L'ironie des exclus est pathétique. Dans mon Pays, nous avions tous grandi comme ça. Nous avions assisté aux fêtes et nous nous étions amusés. Nous avions fait les vendanges, cueilli des oranges, pris des trains délabrés, fait des pogos en concert, manifesté, bloqué des évacuations policières. Nous avions ressenti la merveilleuse fatigue dans tout notre corps. Les grandes tablées après avoir pressé les raisins, le coucher de soleil avec les chansons engagées, les danses folkloriques, les réveils sur des lits de camp empestant la fumée, ou sur les sièges abaissés d'un train – c'était incroyable qu'on puisse encore fumer dans les régionaux –, et nous étions toujours si fatigués, épuisés, les jambes emplies d'acide lactique, comme une sève qui coulerait fraternellement dans un même organisme. Puis vint la distance, les mots blessants, la rancœur de mes amis pour nos enthousiasmes passés. Nous avons commencé à écrire des phrases pleines de dérision sur ce que nous avions été autrefois. Nous les avons partagées. Elles clignotaient sur l'écran de nos téléphones. Tout nous paraissait ridicule. « Putain de losers », pensaient mes amis. « Putain de losers », écrivaient-ils sur leurs claviers. Nous détestions les générations qui nous avaient précédés et méprisions celles qui viendraient après nous. Nous ne laissions personne d'autre ressentir cette fatigue de nos meilleures années. Confus, comateux, nous nous injections une apathie mortelle.

« Nous sommes le peuple », disaient les affiches dans les rues de Miden. Je l'aurais dit aussi. Je l'aurais crié, ivre d'alcool national, serré contre la fille, quelques années plus tôt seulement. Je me rappelais quand j'avais défilé avec elle jusqu'à la plage. Ce jour de fête, la nature semi-clandestine de notre relation semblait un scrupule de lâches. Nous nous étions même embrassés en public. Un chaste baiser sur les lèvres. Mais ensuite, elle avait aussi embrassé la moitié de Miden. Elle sautait pieds nus sur le sable pour distribuer des baisers, faisait claquer les lèvres, enlevait de sa bouche les cheveux que le vent y mettait et embrassait le peuple d'un amour universel. Nous étions tous le peuple. Et elle embrassait le peuple. On ne peut nier que ce soit arrivé. Et personne ne le nie. Nous étions tous totalement faits. Bercés par la MDMA naturelle, dont le naturel réside dans l'autoproduction et les huiles essentielles bio. Quand le matin – qui n'était plus le matin, mais une longue journée déjà dissoute dans l'après-midi, une nuit infinie qui s'était écoulée au fil des heures, des années, des cycles cosmiques, des jeunesses entières –, je me suis retrouvé à la maison, j'étais mort de fatigue. Et la fille aussi. Nous étions toujours fatigués à cette époque. Nous ne dormions jamais. En classe, j'avais les yeux rouges, elle des cernes sublimes, parfaits, des diadèmes noirs sur son visage blanc. Le souvenir de cette fatigue me faisait pleurer.

La compagne

Le traitement des déchets encombrants n'a jamais été un problème important à Miden. D'une part, parce qu'il y a très peu de choses à évacuer, d'autre part parce que la Commission de Traitement est très efficace, comme tout le reste. Mais la catégorie « encombrants » comprend des choses que dans mon Pays vous auriez volontiers abandonnées dans une benne à ordures, ou plus probablement à côté car les bennes étaient toujours pleines. J'ai commencé à avoir la phobie des oiseaux à cause de ces bennes. Pendant des mois, personne ne venait les vider. Se promener était devenu répugnant, tout comme prendre une bière en terrasse dans l'air poisseux et fétide. Les journaux annonçaient, menaçants, les épidémies et les rats. Nous les avons attendus, mais les rats ne sont jamais venus. Il n'y avait que des oiseaux. Des mouettes qui grossissaient chaque jour à vue d'œil et cannibalisaient des carcasses d'oiseaux plus petits, les plumes noircies et les entrailles déchiquetées au milieu des restes de pizza. Des couches de guano au sol, tel du grésil qui ne voulait pas fondre. À Miden, les oiseaux traversaient l'horizon lorsque tu regardais la mer. Ils mendiaient timidement les miettes qui tombaient sous les tables. Ils pépiaient le matin pour annoncer le jour nouveau.

Mais je continuais à les regarder avec suspicion. Tôt ou tard, eux aussi plongeraient en piqué, rapaces, pour se jeter sur les déchets organiques, sur les cadavres, sur nos restes. Sur nos propres corps. Je n'avais pas confiance en ces bêtes.

Si nous ne nous sommes pas adressés à la Commission de Traitement des Encombrants pour faire disparaître ma valise à roulettes, c'est parce que nous avions un plan en tête. Mon compagnon était allé la veille louer une voiture. Cela faisait si longtemps que nous n'avions pas fait une escapade ainsi. La valise remplissait tout l'espace du coffre, couchée comme un cercueil dans un corbillard. Nous avons roulé vers la forêt, les vitres baissées, malgré le froid. Le rythme de notre souffle s'harmonisait alors que nous nous efforcions d'ouvrir nos poumons. La seule fois où je suis allée chez un ostéopathe après m'être bloqué le dos, il m'a fait m'allonger sur le ventre et a commencé à appuyer sur mon diaphragme. Ça faisait un mal de chien. J'étais bloquée à cet endroit-là, me disait-il. Et tout en dépendait. Toute la douleur – avais-je pensé à l'époque –, toute ma douleur dépend de ce point sur le ventre. Je n'avais pas alors idée que la douleur prendrait d'autres voies et que mon ventre contiendrait une nouvelle vie. Mais à l'époque, à Miden, je pensais souvent à mon diaphragme : si j'avais prêté plus d'attention à ses plaintes sourdes, peut-être aurais-je déverrouillé tout mon corps, toutes mes pensées. J'ai imaginé mon enfant manipuler le diaphragme de l'intérieur pour apaiser sa mère, que pouvait-il faire avec ses petites mains ? Que faisait-il ? De la fenêtre, je respirais l'air froid et pensais à mon bébé détendant le diaphragme. Pouvait-il sentir la brise de Miden ? Que sentait-il ?

La forêt nous a accueillis comme une cathédrale gothique. Le paysage ne s'estompait pas progressivement, on passait directement de la toundra à ce monumental bloc d'arbres. Nous avons laissé la voiture à l'entrée de la cathédrale en tirant la valise derrière nous. Si nos oreilles étaient faites pour entendre le piétinement d'un faon dans les bois, les roulettes de la valise étaient le pas ferraillant d'un nouveau prédateur. Le faon n'avait qu'à s'enfuir, de son pas léger dans les bois, nous le poursuivions avec notre bête féroce.

J'ai éclaté de rire.

– Je dois te demander quelque chose, ai-je dit à mon compagnon.

– Oui ?

– Tu te rappelles quand je suis arrivée à Miden ? Je riais du boucan que faisait la valise…

– Et ?

– Tu ne te rappelles pas ?

– Je me rappelle que j'étais heureux de te voir.

– Tu étais heureux mais tu m'as embrassée sur la bouche pour m'empêcher de rire.

– Je t'ai embrassée parce que j'étais heureux.

– Tu ne m'as pas embrassée parce que tu étais heureux.

– Je t'ai embrassée parce que je mourais d'envie de t'embrasser.

– Non.

J'ai cessé de parler. J'ai arrêté la valise en essayant de savourer l'immensité du silence et les cris ont jailli du fond de la forêt.

Le compagnon

Nous étions dans la forêt pour enterrer la valise de ma compagne quand nous avons commencé à entendre les cris. Des cris humains désespérés. Ma compagne s'est figée. Je l'ai enlacée fort, je sentais son corps trembler entre mes bras. Nous étions encore à l'orée de la forêt, il aurait suffi de faire demi-tour et de courir vers la voiture. Mais nous ne l'avons pas fait. Je n'avais jamais entendu personne crier d'une manière aussi frénétique. Et il y avait plus d'une personne. Les cris ont commencé à se démultiplier, franchissant la cime des arbres et s'élevant vers le ciel. Puis, soudain, ils ont cessé. Étaient-ils tous morts ? Un autre cri a déchiré le silence. Il s'est calmé. Puis un autre. Et encore un autre. Une séquence composée de cris.

La compagne

Mon compagnon a compris avant moi.

Pourtant, j'avais vu ces dépliants partout. Au marché, on m'en donnait toujours quelques-uns. J'en avais rempli notre maison pendant l'interminable saison des conseils.

Le compagnon

Ma compagne et moi avons abandonné la valise comme s'il s'agissait d'un chien encombrant et nous nous sommes dirigés vers les cris. Une douzaine de personnes se tenaient en cercle dans une clairière au milieu de la forêt. Au centre du cercle, une femme mimait les mouvements d'un chef d'orchestre. Elle avait sur la tête une petite torche qui éclairait la scène. La chorégraphie s'est interrompue à notre arrivée.

– Nous ne voulions pas vous déranger, a dit ma compagne.

– Nous sommes là pour vous accueillir, a répondu la femme.

Le cercle s'est élargi pour nous faire de la place. Derrière nous, les arbres délimitaient les coulisses naturelles de ce théâtre à ciel ouvert.

On sentait l'odeur de la forêt et un arôme acidulé, des bouches arides, manquant de salive, déshydratées. J'ai reconnu dans le groupe la mère d'une de mes élèves. Elle avait le visage cramoisi, j'ignorais si c'était d'énervement ou d'embarras, ou peut-être n'était-ce que la réaction cutanée à tous ces cris. Elle a jeté un regard à la torche allumée et a attendu une réponse en silence.

– Nous sommes ici pour être libres, a expliqué avec un sourire bienveillant la femme au centre du cercle. Si vous ne vous sentez pas libres, quittez le cercle.

Elle était la thérapeute de groupe. La mère de mon élève a fait un signe d'assentiment, respirant profondément pour donner plus de poids à sa conviction. Personne n'a quitté le cercle. Puis la thérapeute a recommencé à bouger les mains.

– Criez !

Nous nous sommes mis à crier. J'ai eu l'impression de cris expérimentés, experts, qui répondaient dans un automatisme sincère à cette exhortation. Certains se sont jetés par terre dans la danse convulsive d'un papillon de nuit, d'autres étaient à genoux, d'autres encore s'arrachaient les cheveux, ou frappaient l'air devant eux. Je me sentais raide, empaillé dans ma position. J'ai esquissé des pas nerveux vers le centre, juste pour faire quelque chose. Je suis du genre à crier avec les mains dans les poches. Mes cris étaient ridicules par rapport à ceux des autres, j'étais un petit joueur. À côté de moi, ma compagne hurlait à gorge déployée. J'arrivais à peine à la reconnaître. Majestueuse et belle, une prêtresse enceinte de sensualité. Il n'y avait pas de désespoir dans sa voix, pas de peur, elle n'était pas hystérique, elle n'était pas folle, elle ne trahissait pas la colère, la haine ou le découragement. Elle était parfaite. Tellement calme. Elle hurlait dans une paix irréelle. En contrôle total. Ascétique et présente. Je l'ai regardée avec admiration. C'était la meilleure du groupe. J'ai eu envie de la posséder comme jamais auparavant.

La compagne

J'ai senti la voix de mon enfant prendre possession de mon corps. J'ai crié de toute mon âme, mais c'était cet être en moi qui criait.

Une naissance avant la naissance.

Il ne hurlait pas de douleur.

Sa voix douce a rempli la forêt entière.

Le compagnon

C'était la plus belle de la fête.

C'est ce que j'ai pensé quand je suis retourné avec ma compagne vers notre valise abandonnée. Elle s'était éteinte après les cris, plongée dans un mutisme dense, ses pensées voguant déjà au loin.

– Ça nous a fait du bien de crier, ai-je observé.

J'ai remarqué les fils blancs qui apparaissaient dans ses cheveux, je ne m'étais jamais rendu compte qu'ils étaient si nombreux, ou peut-être s'étaient-ils multipliés ces derniers temps. L'idée de vieillir ensemble m'a traversé l'esprit pour la première fois et c'était presque une pensée rassurante. Nous n'avions plus à nous forcer à grandir.

– Nous n'avons pas crié ensemble, a-t-elle déclaré.

J'ai sorti la bêche de la valise et je l'ai enfoncée dans la terre meuble. Ma compagne continuait à errer dans les bois. Puis elle s'est rapprochée et m'a pris l'outil des mains. Elle l'a brandi en l'air et a commencé à creuser avec acharnement, une salve de coups violents contre le sol. Je la voyais se lever et se baisser, les mouvements saccadés, la respiration lourde. Ce n'était pas l'exercice le plus approprié pour une femme enceinte, mais j'avais le sentiment que toute intervention de ma part aurait entraîné la menace d'un coup de pelle en pleine tête. Alors je l'ai laissée faire. À ce moment-là, je ne savais même plus pourquoi nous avions décidé d'emporter la valise dans les bois pour l'enterrer.

La veille, nous nous étions dit que nous repartirions légers de Miden et que la valise incarnait le lest. Mais on aurait aussi bien pu la laisser dans le salon, avec tout le reste, plutôt que de la plonger dans les entrailles de Miden. La terre retournée dégageait une odeur qui me rappelait les promenades avec mon père lorsque nous allions chercher la mousse pour la crèche de Noël. J'aimais arranger la scénographie avant la venue du Christ. Créer le paysage : les taches de verdure entre les cailloux, l'eau du puits avec du papier d'aluminium, l'étable abritée d'aiguilles de pin, le ciel étoilé fait d'épingles. Ensuite, je m'embêtais à disposer les personnages, tous ces petits bergers, les gens affairés, les marchands de poisson, les lavandières frottant le linge dans les bassines, la paysanne avec son panier de pommes, les joueurs de cornemuse plus énervants que des mariachis. Ils gâchaient tout avec leur zèle, inutilement laborieux dans un paysage qui ne demandait qu'à être contemplé. Ma compagne était à ce moment précis tout aussi zélée. Alors que je réfléchissais à comment lui enlever la bêche des mains, des créatures vivantes ont émergé du sol. Ou plus exactement, l'une d'elles n'était plus vivante. Ma compagne venait de couper en deux le corps d'un animal. Une sorte de grosse souris, une taupe probablement, ou tout ce qui peut se cacher dans le sous-sol de Miden. Il était difficile de distinguer le sang de la terre, on aurait dit une exécution de magicien : deux moitiés parfaites d'un corps dépourvu de toute humeur. Mais autour de ces deux blocs, des petites créatures s'agitaient, les bébés nouveau-nés de l'animal.

Ma compagne a laissé tomber la bêche et a fondu en larmes :

– Qu'est-ce que j'ai fait ?

Les créatures n'émettaient pas un son, peut-être étaient-elles trop petites pour le faire, ou étaient-ce des animaux muets. Il était même difficile d'entrevoir leur regard, leurs yeux mi-clos ressemblaient à des boutons ébréchés. Leurs corps étaient mous et encore sans forme, visqueux, recouverts d'une substance pareille à du mucus. Ils ne suscitaient pas la tendresse, plutôt une répulsion compatissante. Ma compagne n'arrêtait pas de pleurer.

– Ce n'était pas ta faute, ai-je dit, bien que cette affirmation fût complètement fausse.

Parce que oui, c'était sa faute. Elle avait tranché net le corps d'un animal, laissant ses petits errer désespérément.

Elle s'est penchée pour observer le spectacle de près, a tendu la main vers eux puis l'a retirée brusquement. Elle était incapable de les toucher. Son expression s'est adoucie alors qu'elle réessayait d'approcher les corps muqueux, mais sa main ne bougeait pas d'un pouce. Puis elle a tourné toute sa douceur vers moi.

– Nous pourrions les mettre dans la valise et les ramener à la maison, a-t-elle proposé.

– Je ne pense pas que ce soient des animaux domestiques.

– Tu emporteras ton sarcasme dans ta tombe.

Ce n'était pas la pire des choses à emporter dans ma tombe, mais pour une fois le sarcasme n'y était pour rien. J'imaginais que c'étaient des créatures du sous-sol, incapables de survivre dans un appartement, surtout privées de celle qui les avait mises au monde. Sans parler du fait que nous étions allés dans les bois pour enterrer une valise et que nous serions rentrés chez nous avec la valise pleine de bestioles en fin de vie.

À quoi bon prolonger leur agonie ? Ma compagne a repris la bêche et a essayé de ramasser les petits avec un peu de terre pour les mettre dans la valise. Ses mains tremblaient. Quand l'un des animaux a été touché par le fer de l'outil et s'est agité convulsivement, elle a sauté en arrière en hurlant. La forêt n'a rien amorti. J'ai commencé à craindre que le groupe des hurleurs professionnels ne puisse débarquer à tout moment.

– Viens, allons-nous-en, ai-je suggéré.

Elle est devenue extrêmement sérieuse.

– Tu abandonnes notre enfant qui agonise dans la boue.

À ce stade, je suis devenu sérieux, moi aussi.

– O.K., donc cette chose est notre enfant, mais ça te dégoûte de le toucher ?

Son sérieux s'est fait plus fataliste.

– Pourquoi ne m'as-tu pas pris la bêche des mains ?

Je préfère de beaucoup les insultes aux récriminations, mais manifestement, je dois inspirer le contraire. À ce moment-là, j'ai effectivement pris la bêche de ses mains, et elle n'a pas résisté. Elle s'est penchée à nouveau vers les petites bêtes mourantes. Elle a tendu son bras pour que son doigt arrive à quelques centimètres de leurs corps. Elle s'est forcée à sourire, comme on le fait devant un enfant objectivement laid dans une poussette. Elle est restée quelques instants le bras tendu et le doigt oscillant, son sourire telle une paralysie faciale. Puis elle a fini par réussir à toucher l'une des petites créatures, qui, intrépide, a entrepris d'escalader sa chaussure. Un autre cri a retenti. Elle s'est levée d'un bond, secouant sa chaussure avec hystérie :

– Je n'y arrive pas ! Je n'y arrive pas…

Elle s'est remise à pleurer. Je sentais planer la menace des hurleurs, juste à côté. Le silence des bois m'angoissait davantage que ses larmes. Je ne savais pas comment ils prendraient l'extermination des taupes, et surtout je ne voulais pas avoir à justifier la présence de cette valise.

– Je ne pourrai jamais me le pardonner, a dit ma compagne.

Avant qu'elle n'ait eu le temps de m'arrêter – et, pour être honnête, je ne sais pas si elle l'aurait fait –, j'ai écrasé les petits animaux sous le talon de ma chaussure. Même leur mort n'a pas fait de bruit, ils n'étaient pas coriaces. À l'aide d'un bâton, j'ai enlevé les lambeaux de corps qui étaient restés attachés à ma semelle, puis, avec la bêche, j'ai rassemblé cette masse organique en un petit tas que j'ai jeté dans la fosse qu'elle avait creusée.

La compagne

Je me suis demandé si la fille s'était sentie comme moi dans les bois. Elle ne s'était peut-être pas rendu compte du coup mais ses répercussions ne lui laissaient aucun répit. Elle s'était réveillée un matin, dans le ciel imperturbable de Miden, et une image avait surgi de sa mémoire pour désintégrer tout ce qu'elle pensait aimer. Une illumination causée par la fièvre, un dessin déformé sur le mur, ou je ne sais quoi d'autre, mais je soupçonnais que tout ce processus de prise de conscience décrit par la Commission était parti d'un détail, qui avait ensuite été retiré du dossier. Ou peut-être n'avait-elle même pas mentionné ce détail, peut-être gardait-elle ce secret au fond d'elle-même, tout comme je garderais le secret de l'hécatombe dans les bois. J'étais complice. Quand elle était venue à la maison, j'avais pris son regard pour une accusation, un dispositif sophistiqué d'hostilité, que je lui avais retourné comme je pouvais. Maintenant, je me demandais si ce n'était pas plutôt mon regard en ouvrant la porte qui avait dicté les règles de notre rencontre. Et si ça avait été moi, depuis le début, la partie hostile ? Elle m'avait semblé suffisante, distante, il ne m'était pas venu à l'esprit qu'elle pouvait simplement être mal à l'aise. Nous l'étions toutes les deux. Ça n'avait pas dû être facile pour elle d'entrer dans cette maison. J'avais organisé toute ma cérémonie du thé afin de l'étudier. Qui sait, peut-être qu'elle aurait préféré une bière, je ne lui avais même pas proposée. Je lui avais imposé le lent tourment du thé, diluant la tension avec l'ennui, comme on l'enseigne dans les cours de méditation. Je m'étais empressée de mettre de la musique après qu'elle m'a dit avoir été violée. Je ne parvenais plus à trouver l'explication de mes gestes. Je ne lui avais pas fait confiance et je ne m'étais pas fait confiance.

Dans le questionnaire, on m'avait demandé si j'avais déjà subi des violences de la part de mon compagnon. Il n'a pas voulu lire mes réponses quand il a reçu le questionnaire complété. Je lui en étais en partie reconnaissante car mes réponses me décevaient et je pense qu'il l'avait compris, des phrases qui roulaient comme des billes juste pour arriver à la fin. Mais je me sentais aussi humiliée. Il savait que je voulais écrire, et dans le passé ses tentatives d'encouragement – comme celles de n'importe qui d'autre – m'avaient rendue encore plus rigide, craintive. On pense en général qu'avoir un talent vaut mieux que de ne pas en avoir du tout, mais je n'ai jamais vu de preuves de cela. Je me disais seulement qu'un jour, quand tout le monde cesserait de me pousser, j'arriverais peut-être à pondre quelque chose. Ce jour-là n'est jamais venu, mais je ne l'ai pas plus attendu que l'heure de l'apéro pour prendre un verre. Je me souviens, adolescente, d'un après-midi entier passé à brûler au soleil parce que j'étais incapable de plonger. Je savais nager, mais l'idée de sauter d'un rocher me paralysait. Il n'y avait pas d'autre moyen d'entrer dans l'eau. Tous m'encourageaient, adultes et camarades, me tendaient la main ou faisaient le geste de me pousser gentiment, mais moi je ne sentais que ma peau qui chauffait et la terreur de me jeter. « Il y a des méduses », arguais-je. Et heureusement, il y en avait, mais c'était un prétexte si fragile que même les enfants n'arrêtaient pas de plonger et grimper sur le rocher, puis replonger et nager parmi les petites méduses dans la mer. J'ai toujours cherché des méduses dans ma vie et je les ai toujours trouvées. Je me rendais compte à quel point il était ridicule de considérer ce questionnaire comme un test pour mon ambition d'écrivaine, mais c'est ainsi que je le voyais, et mon compagnon le savait. C'est pour cette raison qu'il a décidé de ne pas le lire, même s'il m'a expliqué que c'était par respect, ce qui rendait tout cela encore plus humiliant, une punition exemplaire. Se comportait-il aussi ainsi avec ses élèves ? Évitait-il de juger un devoir quand il supposait qu'il ne serait pas à la hauteur de ses attentes ? Je ne parvenais pas à l'imaginer en professeur sévère, mais pas non plus en type débonnaire et affectueux. Il aura eu ses stratagèmes pour éviter de blesser ses étudiants, et je détestais sentir vis-à-vis de ma personne la même condescendance mesurée. Bref, quand on m'avait demandé si j'avais déjà subi des violences de la part de mon compagnon, j'avais répondu non. J'avais seulement écrit – j'avais *revendiqué* – avoir eu du sexe violent. Ce que je revendiquais alors n'avait rien à voir avec le consentement, c'était du narcissisme, je voulais faire savoir que nous baisions bien. Que j'étais satisfaite. Que mon compagnon me faisait jouir. Que je savais comment atteindre un orgasme. Regardez ce talent ! Tout était vrai. Je n'avais pas songé que la question pût faire allusion à d'autres formes de violence. Pourquoi aurais-je dû ? J'avais à mes côtés un homme adorable. Le même homme qui avait écrasé de sang-froid de petits animaux à peine nés. J'avais une preuve qui aurait pu modifier l'issue du verdict. Cette bombe entre mes mains me faisait me sentir puissante, si puissante que j'en étais lâche. Cela signifiait aussi confesser mes fautes. La pelletée fatale. Mon incapacité à manier une bêche. Répondre à des questions simples, mais embarrassantes. Que faisions-nous exactement dans les bois ? Nous étions là pour polluer le sol de Miden. Nous étions là pour dissimuler mon inadaptation. Nous avons empiré les choses. La fameuse tache d'huile qui continue à se répandre tandis que vous essayez de la nettoyer. Ma mère me citait toujours ce genre d'exemples. Ou peut-être n'était-ce pas de l'huile, mais du lait. Bref, le sens était le même. Le problème, c'était moi. Ça avait toujours été moi. Le problème était d'être allée à Miden avec cette valise, le problème était d'avoir quitté mon Pays pour rejoindre un homme ordinaire. Le problème était de passer des journées entières à me préparer du thé. La meilleure chose que j'avais faite ces derniers temps était de crier au milieu de la forêt.

Le compagnon

J'étais triste d'abandonner le berceau que j'avais construit, en partie parce que je savais que je n'en construirais jamais d'autre. Dans la cave de mes parents, il y avait encore le berceau de mon enfance. Il avait d'abord été celui de mon cousin, puis le mien et enfin celui de mon frère. « Hé oui, les meubles d'autrefois… » aurait commenté mon père. Et je ne pouvais pas dire le contraire, car ce berceau avait résisté aux nuits agitées d'au moins trois enfants et était resté dans l'ombre prêt à accueillir de nouvelles générations. Il y avait là quelque chose de plus profond que de la belle ouvrage ou des matériaux particulièrement résistants, c'étaient des objets créés pour durer, sans la prétention d'être importants ou même que l'on se souvienne d'eux. La façon dont ils passaient de main en main créait des liens simples, un partage sans désir de possession. Nous sommes toujours obsédés par l'idée que quelqu'un puisse prendre notre place et il serait beaucoup plus facile de penser les relations humaines de la même manière. Sur une photo, c'est moi à l'intérieur du berceau ; sur une autre, c'est mon frère. Ni mon frère ni moi n'aurions jamais accepté d'apparaître enlacés avec la même femme sur deux photos différentes, par exemple. Je ne voudrais pas être mal compris, vu que ça m'arrive souvent, alors je vais retourner l'argument : aucune des femmes avec qui j'ai été ne serait heureuse de me voir tout à mon aise dans les bras d'une autre. C'est dommage. Quoi qu'il en soit, je pensais à la satisfaction de mes parents à l'idée d'exhumer le berceau de la cave. Ils auraient échangé l'un de ces sourires complices capables de redonner du mordant à leur longue relation. « Ah, on a vraiment bien fait de le garder ! » Et moi, qui avais construit un berceau de mes propres mains, je n'aurais pas pu savourer l'étonnement de mon enfant quand il aurait atteint l'âge de comprendre de quoi son père était capable. La simple pensée de cet échec avant même sa naissance me rendait nerveux, je me sentais jugé par le regard d'une personne qui n'était pas encore une personne à part entière. J'aurais aimé mettre ce berceau en morceaux avec la même ardeur que celle avec laquelle je l'avais construit. Sur le sujet, mon enfant aurait eu une littérature entière à sa disposition : tout ce que son père avait pu détruire. Ça ne se serait probablement pas passé comme ça non plus. Il aurait grandi en ignorant son père pendant des années, tout comme je l'avais fait avec le mien. Et puis, un jour, la pensée de son père l'aurait atteint par surprise, discrète mais insidieuse, tel un serpent. Il se serait remémoré des bêtises, les journaux qu'il lui achetait après l'école, la sauce bolognaise qu'il lui faisait quand il avait de la fièvre. Allez savoir pourquoi, mon père était convaincu que c'était un remède magique contre tous les maux de mon enfance. La confiance dans le fer, l'idée qu'un distillat de viande ferait de moi un homme plus fort. Oui, j'avais repensé à cela au summum de ma faiblesse et j'avais appelé mon père pour lui demander comment il la préparait. Au lieu de prendre soin de moi, j'avais cuisiné une sauce bolognaise pour ma compagne.

Quand elle acceptait que je m'occupe d'elle, je me sentais un homme meilleur. Et je crois que mon père a passé toute sa vie à prendre soin de sa famille, à garder à la cave ce berceau bien fait, à traiter le bois contre les vers et à aérer la pièce. J'aurais aimé qu'avec les années et la distance mon enfant ait pensé à moi de la même manière. J'aurais aimé le voir sourire avec le cœur empli de gratitude. J'aurais aimé entendre sa voix hésitante me demander la recette de la sauce bolognaise.

La compagne

Mon compagnon m'a acheté un joli sac à dos sportif, du genre avec lequel on peut faire le tour du monde. Mais je rentrais juste chez moi. Nous n'avions pas réfléchi à quoi dire aux autres : habituellement, tu ne rentres que si un parent est malade, et même dans ce cas, les gens te regardent avec suspicion, ils te souhaitent la bienvenue mais reniflent l'odeur de la défaite. Notre défaite – si nous voulions l'appeler ainsi – nous aurait donné une certaine satisfaction. Lorsque nous aurions le courage de raconter toute l'histoire, il y aurait de la matière pour de nombreuses soirées. Non que nous fussions de grands orateurs, mais c'était l'histoire parfaite pour divertir l'assemblée, pour titiller la peur de l'intervention morale, l'envie de donner son opinion : *Moi, à votre place... Mais c'est absurde... À mon avis...* S'identifier sans effusion de sang à la vie des autres. Ensuite, quelqu'un m'aurait prise à part pour me demander : *Mais toi, comment ça va ?*

Je songeais à la façon dont j'aurais réagi si j'avais entendu cette histoire comme observatrice extérieure. Qu'aurais-je pensé de la fille ? Eh bien, c'est une fille... Qu'aurais-je pensé de moi ? Mon indolence rageuse. Mes temps morts. Les heures passées à la maison. Mes grimaces d'ennui. Les rituels insipides : thé, marché, balades sur la plage. Je n'étais pas un personnage très sympathique. Sans parler du charme. Même les fantômes qui me hantaient étaient des animaux sans intérêt.

Mais toi, comment ça va ?

Tu as le regard triste.

Tu es belle, mais tu as le regard triste.

Cela faisait des jours que j'avais décidé d'avoir ce regard. Et je n'étais pas belle. Un matin, j'ai recouvert les miroirs de la maison telle une folle. Mon compagnon me laissait faire tout ce que je voulais. « Ça va lui passer », l'entendais-je dire dans sa tête. Peut-être avait-il lu certains des manuels, la dépression prénatale n'était pas si rare, on la trouvait facilement en feuilletant l'index. Quelques remèdes y étaient conseillés et mon compagnon me faisait des surprises, il m'achetait du poisson qu'il grillait dans la cour – c'était une tannée pour tout nettoyer et je ne levais pas le petit doigt. Il m'avait choisi ce beau sac à dos. Pour se raser, il devait retirer un couvre-lit du miroir, mais il le faisait sans rien dire. Puis il le remettait. Pour me toucher, il devait écarter le tissu noir avec lequel je me promenais dans la maison. Il le faisait sans rien dire. Ensuite, je le remettais moi-même. C'était une espèce de cape grossière qui me couvrait totalement. J'avais envie de baiser et mon corps ne réagissait pas. Je me disais que c'était à cause de ces animaux enfouis sous terre. Mais à lui, je ne le disais pas.

Mais toi, comment ça va ?

J'avais écrit à ma mère pour lui annoncer mon retour.

– Quelle bonne nouvelle ! avait-elle répondu. Nous sommes très heureux.

– Dis plutôt *Je suis* très heureuse, maman.

– Je ne comprends pas. Combien de temps vas-tu rester ?

– Je ne sais pas, maman. Tu es contente de la bonne nouvelle, n'est-ce pas ?

Je pouvais ressentir sa terreur à distance.

– Tu ne me laisses jamais te voir.

J'avais également recouvert la caméra de l'ordinateur. Un morceau de ruban adhésif. Je lui avais dit qu'elle était cassée.

Le compagnon

Quand j'ai commencé à vider les tiroirs, j'ai pensé aux petites culottes sales de la fille que j'avais conservées pendant des mois. Les avoir conservées me semblait absurde. Si ma compagne était dans les parages, je refermais rapidement les tiroirs de peur que ce qui subsistait de cette odeur ne puisse contaminer l'air entre nous. Jusqu'à ce moment-là, je n'avais pas encore mesuré à quel point la rationalité nous avait abandonnés depuis bien longtemps, à quel point chacune de nos actions n'était qu'une réponse à la peur de la contagion. Elle se promenait tel un fantôme noir à travers la maison, elle était persuadée que son corps se dilatait de façon spectaculaire à chaque seconde et s'était caparaçonnée sous une sorte de drap avec un trou pour la tête. Quand elle sortait, elle portait un imperméable par-dessus. Mais elle sortait rarement, seulement pour se promener sur la plage et elle revenait avec les bords du drap trempés d'eau et de sable. Elle m'a demandé de préparer aussi ses affaires. De remplir le sac à dos avec ce qui pouvait y entrer. Elle se moquait de ce qui resterait. Quand je hasardais une question pour obtenir son avis, elle se caparaçonnait encore davantage sous sa cape miteuse et me fixait, impassible. Elle me regardait sans un mot tandis que je pliais les chemisiers qui ne lui allaient plus et les glissais dans le sac à dos. Il y avait un pull que je n'avais jamais beaucoup aimé, un long gilet gris de maîtresse d'école. « Je le laisse ? » lui ai-je demandé. Silence. Puis elle s'est approchée et s'est jetée dessus, comme si j'étais un petit garçon qu'elle devait libérer d'un molosse galeux. Elle a essayé de le mettre en lambeaux : ce n'était pas si simple à mains nues, sans ciseaux. Elle s'est contentée d'en arracher les bords, à l'aide de ses dents pour tirer les fils, puis, épuisée, elle l'a jeté à terre. Je l'ai ramassé, ému, soudain, par ce tas de laine.

– Je t'ai prié de ne rien me demander, m'a-t-elle dit. Mais c'est plus fort que toi, il faut toujours que tu cherches mon approbation. Pourquoi ne pas faire ce que tu veux et me laisser tranquille ? Je ne veux rien décider, d'accord ?

– Je pensais que nous avions pris ensemble la décision de partir.

Elle m'a regardé comme si les mots lui étaient déjà arrivés depuis plusieurs minutes, de trop longues minutes, et qu'elle s'impatientait de leur écho inutile. La pièce semblait envahie par nos mots, ils prenaient racine dans les meubles, grimpaient sur les murs et son silence était un écran trop fragile, comme ce machin qu'elle gardait sur elle.

– Si oui, comment jugez-vous cette décision ? a-t-elle lancé, moqueuse – puis elle s'est autorisé un sourire. Écoute, il se peut que ce soit le cas. Disons que c'est le cas. Nous avons pris cette bonne décision ensemble, mais moi, je ne veux plus décider de rien. Alors finis de faire les bagages et ne me fais pas chier !

Elle s'est jetée sur le canapé, et le drap noir est retombé comme une vague gracieuse sur son corps nu. Elle a tâché de calmer la vague et de se couvrir rapidement.

– Je ne veux pas partir dans ces conditions, ai-je répondu.

– Et quelles seraient ces conditions ? Ils sont en train de te foutre dehors, je ne sais pas si tu as bien saisi. Tu n'as pas à dicter tes conditions.

– Je parle de nous deux, pas des autres.

Elle a éclaté de rire.

– Et qui sont les autres ? Tu veux faire la guerre au monde entier ? Tu as réfléchi à quand nous allons rentrer ? D'autres nous attendront. Il y aura toujours des autres. Quel est ton plan ? Tu penses qu'on restera là à se tenir la main, à se faire du pied sous la table ? C'est ça, ton idée ? Les voici qui arrivent. Regardez comme ils sont beaux ! Un défilé de visages intrigués par notre arrivée. L'assemblée générale qui s'est réunie pour nous dire à quel point nous sommes bien ensemble. Messieurs ! Quelle élégance, regardez sa robe ! Toi qui poses une main sur mon dos nu… Moi qui incline la tête vers ton épaule. C'est comme ça que tu te l'imagines ? Tu penses qu'ils en auront quelque chose à foutre de nous ? De nous deux et c'est tout ? « Je suis tellement fière de mon compagnon ! » Non, peut-être qu'à ce stade tu seras devenu mon mari, ça sonne mieux, non ? « Je suis tellement fière de mon mari ! » Tu auras ta petite histoire à raconter, pendant un moment, elle fera de toi le centre de l'attention, prends-en soin. Il se pourrait même qu'elle t'aide à lever une autre fille. Mais ça aussi, ça prendra fin. Et la fille en trouvera un autre plus intéressant. Et nous deux nous serons les parents de notre enfant, et notre enfant lui aussi sera un autre. Par conséquent je ne sais vraiment pas de quoi tu parles. Profite de cette nouveauté autant qu'elle dure, ils sont en train de te chasser d'ici, il n'y aura pas d'autre fois.

Je lui ai souri. Un autre silence.

– Et toi ? lui ai-je demandé.

– Et moi, quoi ?

– Ils ne te mettent pas dehors.

– Je sais, c'est frustrant. J'aurais dû y penser avant, mais maintenant… j'ai tué un animal dans les bois.

– J'ai bien peur que ce ne soit pas suffisant.

– Non, ça n'est pas suffisant. Et j'ai enterré une valise.

– Ce n'est pas suffisant.

– Je suis trop enceinte et déprimée pour penser à séduire un jeune homme.

– Tu veux me séduire ?

– Pas maintenant.

– Mais tu veux partir avec moi ?

– Je ne veux plus rien.

– D'accord, tu as décidé de partir avec moi ?

– D'accord, oui.

– Et tu m'aides à faire les valises ?

– Non.

La compagne

À quatre heures du matin, je me suis glissée hors du lit car je n'arrivais pas à dormir. La maison était dans la pénombre, une obscurité grisâtre, indécise. Les oiseaux étaient déjà réveillés, occupés à leur bonjour chantant, et l'odeur d'une nouvelle saison entrait par la fenêtre avec l'impudence de celui qui se pense le bienvenu jusqu'à preuve du contraire. J'ai fermé la fenêtre : la voici, la preuve du contraire. Dans le salon, les bagages à moitié faits me rappelaient le jour de mon arrivée. Il y avait encore plus de désordre aujourd'hui, ça aurait pu passer pour un fouillis d'adolescents paresseux, ne faisant que baiser toute la journée. Des vêtements éparpillés sur le sol, des petits tas de sable que j'avais rapportés de la plage (nous avions cessé de balayer), des livres empilés dans l'attente de leur destination finale. La maison ne m'avait jamais paru vivante, même lorsque j'y avais mis les pieds pour la première fois. Elle était accueillante, selon les directives de Miden, mais à présent, même le sens de l'hospitalité était vérolé, comme une belle nappe qui révèle une géométrie de taches de repas mangés en solitaire. Je m'étais réveillée au milieu de la nuit affamée, après avoir littéralement rêvé de dévorer à pleines dents un baleineau. Dans mon rêve, je n'avais aucune compassion pour ce bébé baleine, c'était un animal laid, difforme, avec une peau dure et hostile, la dévorer à pleines dents avait non seulement rassasié mon appétit onirique, mais aussi démontré ma vigueur. Le réfrigérateur ne contenant rien de comparable à de la viande de baleineau, je me suis préparé un pauvre sandwich avec du fromage et de la laitue de serre, et je me suis mise à errer dans la maison. Dans l'un des derniers questionnaires arrivés, le coiffeur de mon compagnon – qui était aussi le mien – parlait de moi comme d'une femme introvertie quant à ses propres désirs. Il était l'un des rares à avoir articulé une pensée un peu profonde à propos de ma personnalité ; dans la plupart des cas, les gens s'étaient limités à constater leur manque de connaissances sur le sujet et à considérer cela même comme une preuve de mon inaptitude sociale. Le coiffeur, lui, avait minutieusement rapporté mon hésitation, voire mon « ambiguïté », face à chaque coupe de cheveux. Il avait écrit que j'arrivais toujours avec une photo, puis j'écoutais sans grande conviction ses conseils, je me fixais dans le miroir pendant qu'il coupait, me bornant à grimacer d'impatience pour finalement retirer la serviette de mes épaules et m'enfuir de la boutique les cheveux encore mouillés, même pas brushés, en faisant mine d'être satisfaite, invoquant un prétexte quelconque pour disparaître le plus vite possible. Le coiffeur admettait qu'il ne s'était jamais conformé à la coupe de la photo, qu'il n'avait pas réussi à établir avec moi la confiance nécessaire pour me faire m'ouvrir, pour découvrir mes *vrais* (les italiques sont les siennes) désirs par rapport à l'image de moi que j'entrevoyais dans la photo d'une autre. Son diagnostic ne me considérait pas comme inapte socialement et donc peu encline à bavarder chez le coiffeur, mais comme une personne incapable d'avoir accès à ses *vrais* désirs, et donc incapable de les communiquer ; si habituée à présenter l'image de quelqu'un d'autre (« la photographie d'une femme avec une coupe à la mode ») pour ne pas se dévoiler. Je n'aurais jamais imaginé une telle attention de sa part et j'en étais touchée, même s'il ne s'agissait pas là de compliments. C'était vrai ce qu'il écrivait. Je connaissais bien l'angoisse de ces minutes passées sur le fauteuil du coiffeur à regarder mon reflet, dans l'effort paradoxal de ne pas me regarder, de créer l'obscurité devant mes yeux pour m'empêcher d'affronter la figure qui émergerait dans le miroir. Je n'aurais pas su, je n'aurais pas voulu, l'évaluer. Le sentiment d'insatisfaction sur ce fauteuil avait toujours été plus tenace, j'en avais besoin, j'aurais eu peur de me regarder et d'être contente de mon image, de m'en satisfaire. Les voici, mes *vrais* désirs, rester toujours loin de leur réalisation, si loin que parfois les désirs eux-mêmes cessaient de se former. C'est étrange de le dire, mais je me sentais beaucoup trop accomplie à Miden. Alors que j'allais et venais dans la pièce, je pensais à tout ce qui m'avait semblé n'être qu'un mirage ce lointain été sous la tente : apprendre une autre langue, vivre à deux, quitter mon Pays. J'avais l'impression d'avoir cessé d'être désinvolte. J'apprenais une autre langue, je vivais avec mon compagnon, j'avais quitté mon Pays. J'attendais même un enfant. Je pouvais commencer à fantasmer sur son avenir et, un jour, celui-là aussi se réaliserait. Peu importait que j'aie laissé à mon compagnon le privilège de préparer les bagages, à un moment donné ils auraient été prêts, j'aurais hissé mon sac sur mon dos, je serais allée à l'aéroport, j'aurais pris un avion, je serais rentrée. Ma peur sur le fauteuil du coiffeur, cette solitude qui m'était propre, allait progressivement diminuer. J'allais toujours me sentir seule, insatisfaite, mais autrement. La pénombre de la maison me rappelait tout ce que je ne serais plus, l'obscurité grisâtre de l'indécision, le seuil de la nuit quand les oiseaux sont déjà réveillés.

Le compagnon

Quand les haut-parleurs ont diffusé les aboiements des chiens, ma compagne et moi avions complètement oublié cette affaire. Elle était sous moi en train de se mordre la main comme lorsqu'elle était sur le point d'avoir un orgasme. Pas toujours, seulement si c'était un orgasme particulièrement intense, elle essayait de jouir autant que possible par anticipation. Ou peut-être était-ce l'idée que je m'étais faite, considérant qu'il n'est pas facile d'évaluer de l'extérieur le plaisir de quelqu'un d'autre. Pas simple, mais gratifiant. Mais cette nuit-là, je savais qu'elle se mordait la main car la tension était réelle, un trouble qui nous rendait vulnérables et rapaces, pillant le corps de l'autre comme pour conquérir un territoire. Cela avait été une étreinte inattendue, elle qui me réveille, se blottit fermement dans mes bras (« c'est la partie de toi que je préfère », disait-elle au début – « tu me chosifies », répondais-je), qui me regarde avec un abandon libre et sincère.

Lorsque les aboiements ont commencé, nous avons éclaté de rire tous les deux. La tension s'est transformée en un doux relâchement, une brume vaporisée de plaisir inexprimé.

– Putain, ils ont raison de te jeter dehors, a-t-elle dit en plaisantant. Pas même les règles élémentaires…

Les règles élémentaires prévoyaient de se souvenir de l'exercice antisismique et, en tout état de cause, elle aussi l'avait oublié. Les aboiements ont duré quelques minutes, nous avons enfilé nos sous-vêtements, elle a pris ma chemise et est allée s'accroupir sous la table.

– Et moi ? ai-je demandé.

– Tu restes torse nu, je veux te regarder.

J'ai obéi. Nous sommes restés sous la table, à simuler une peur maîtrisée comme on nous avait appris à le faire pendant la formation. Ma compagne s'est mise à me lécher le cou.

– Ça ne se fait pas, ai-je remarqué.

– Et moi je le fais, a-t-elle répondu en continuant.

Je lui ai glissé une main dans la culotte, elle était encore mouillée.

C'était étrangement excitant de penser aux habitants de Miden accroupis sous une table, dans l'attente de la deuxième sirène. Il me semblait impossible que tous suivent vraiment le protocole de sécurité, mais même ma compagne et moi nous étions tapis sous la table, et légèrement fébriles qui plus est. J'ai imaginé l'idée d'une orgie à distance, de nombreuses personnes qui se seraient accouplées à l'heure H, les gémissements qui auraient couvert les enregistrements de chiens. Ou encore mieux, une orgie sans accouplement, seulement l'excitation allant croissant en vue d'une alarme qui ne viendrait jamais. Des gémissements infinis sous toutes les tables de Miden. Pour toujours. Et personne à surveiller, personne à contrôler, si ce n'est la divinité imaginative qui avait conçu ce plan d'exercices antisismiques nocturnes dans le simple but que son troupeau dévoué halète de plaisir. J'étais en train de me figurer mon désir cosmique d'hommes et de femmes accroupis quand j'ai pris conscience qu'il devait aussi y avoir des enfants, et j'ai contraint mon fantasme à s'évanouir rapidement. En contrepartie, je sentais la chatte de ma compagne se mouiller sur mes doigts, et ma bite qui avait de nouveau une magnifique érection. J'ai approché sa tête de mon érection, elle a commencé à me sucer. Puis elle s'est redressée d'un coup.

– Tu as peur, mon amour ? m'a-t-elle demandé.

– Tais-toi et continue.

Elle se penchait sur ma bite quand la deuxième sirène s'est déclenchée. Elle a mordu mon bras et s'est précipitée à l'extérieur. J'ai perdu quelques instants à chercher une autre chemise tandis que la sirène se faisait de plus en plus forte. Je cherchais également un pantalon pour couvrir mon érection, mais quelqu'un a frappé à la porte en me rappelant avec douceur que ma vie était en danger. Heureusement, la chemise était assez longue.

Quand je suis sorti, il y avait déjà beaucoup de monde dans la rue. Les enfants couraient en tous sens, amusés, comme s'ils avaient attendu avec impatience d'être réveillés au milieu de la nuit par un exercice antisismique. Ils étaient habitués à ce type d'exercice, de jour, à l'école. Mais le territoire nocturne était une aventure. Telles des petites silhouettes mobiles, ils se déplaçaient frénétiquement dans la rue avec leur petite valise prête, désireux de montrer à leurs parents une indépendance nouvelle. Des hommes et des femmes miniatures simulant nos propres sentiments simulés : anxiété, peur, solidarité. Des auxiliaires distribuaient du café en thermos et un coordinateur nous informait des prochaines étapes. Mais en réalité, nous n'avions pas grand-chose à faire à part attendre l'arrêt de l'alarme, et par conséquent, le coordinateur n'avait rien d'autre à faire que nous tranquilliser de sa voix persuasive d'animateur de radio. Ma compagne et moi étions les seuls en sous-vêtements. Il faisait froid. Elle a commencé à trembler à côté de moi, gênée par sa nudité. Une petite fille a posé sa valise à terre (nous avions aussi oublié de prendre le bagage d'urgence – ce que tout le monde est tenu d'avoir sous la main en cas de besoin, mais le fait est que notre bagage d'urgence personnel était démembré dans les bagages plus volumineux en vue de notre départ) et elle a enlevé son coupe-vent rouge. Elle a hésité quelques instants, se demandant si elle devait attendre un signe d'approbation de sa mère, puis elle a décidé qu'il était temps de faire des choix de grande. Elle s'est approchée de ma compagne.

– Pour le petit, ou la petite, a-t-elle dit en essayant de placer le vêtement rouge sur son ventre.

La compagne

Le verdict est arrivé en même temps qu'une magnifique tempête. Mon compagnon et moi avons ouvert le journal pendant le petit déjeuner. Nous n'avons pas été surpris. C'était un Agresseur. J'étais sa compagne. Il avait deux semaines pour quitter Miden, les frais étaient à la charge de la communauté. Mais c'était une courtoisie gaspillée, nous avions déjà acheté nos billets. Nous serions partis cinq jours après. J'avais regardé la météo, la perturbation devait prendre fin le lendemain, suivie d'un temps instable mais sec, et nous aurions quitté Miden par une journée relativement calme. Nous avons sorti tout ce que contenait le réfrigérateur. Mon compagnon a cuisiné une omelette qu'il a servie sur un plateau plein de fraises fluorescentes. Il a refait du café. Nous avons ouvert grand les fenêtres pour laisser entrer la pluie. Ma tasse m'est tombée des mains pour quelque chose que j'aurais pu qualifier de malheur parfait.

Le compagnon

L'angoisse peut ressembler au calme, à une terreur si mortelle qu'elle fait de toi un homme mort et paisible, serein aux yeux de ceux qui t'entourent. Je ne sentais pas mon cœur battre pendant que j'ouvrais le papier avec le verdict. Je ne sentais pas ma respiration. J'étais inerte comme une pierre à qui on sert le petit déjeuner. Je m'attendais à ce résultat, bien sûr. Rationnellement, statistiquement. Jusqu'à une seconde avant, un instant avant, une infinitésimale qui est devenue une faille temporelle, une ère qui précède la Parole, puis les mots sont venus. Et quand j'ai lu les mots, j'ai à nouveau senti mon cœur battre et ma lourde respiration matinale. J'ai abandonné mon état minéral. J'ai pu ingérer des substances nutritives. J'ai souri à ma compagne.

– Je suis un Agresseur, ai-je dit.

J'ai cherché un objet à lancer contre le mur, mais l'élan était faible. Ma main a heurté la sculpture des hérissons, qui est tombée sur le sol, et quelques épines se sont détachées. Ma compagne s'est penchée pour les ramasser et s'est piqué un doigt.

D'autres mots me sont arrivés ces jours-là. Des appels téléphoniques de ceux qui avaient voté contre mon expulsion.

Des gens qui se sont laissés aller à critiquer avec moi ce qu'ils considéraient être une faille du système. Ils exprimaient leur indignation et leur confiance. On peut faire un autre procès, me disaient-ils. Ils élaboraient des stratégies pour l'avenir proche, un avenir qui m'aurait atteint par contumace. J'écoutais tout. J'acquiesçais. J'avais une voix calme. J'étais un homme calme. Le ciel de Miden s'éclaircissait après la tempête.

J'ai songé à aller à l'Académie pour dire au revoir à mes élèves, mais je ne voulais pas les mettre mal à l'aise. Il m'était arrivé de fantasmer sur des scénarios de films, un accueil héroïque, une révolte au nom de leur professeur venu d'un autre monde. Mais je n'avais jamais été ainsi. J'avais été un professeur comme tant d'autres. Je n'avais fait que mon devoir. Et puis une erreur. J'espérais alors qu'ils m'oublieraient rapidement, que je resterais pour eux comme un automne de leur jeunesse. Le souvenir d'un étrange mois de novembre, guère davantage. Et ce n'était qu'à présent que mon statut était passé de professeur à Agresseur que je mesurais que le langage créait la réalité. J'étais en plein dans cette réalité. J'avais violé une fille. J'avais aimé une fille et je l'avais violée. Jusqu'à ce moment-là, je n'avais même pas considéré la chose. Toute la colère des derniers jours s'était envolée. Toute la colère qui m'avait gardé en vie. J'étais un homme calme. J'étais un homme si calme que j'étais finalement mort.

La compagne

Nous avons quitté Miden un jour parfait pour y arriver. Le ciel avait une luminescence très claire, comme l'arrière-plan surexposé d'une photographie. Le profil de mon compagnon s'en détachait comme les oiseaux en vol – des signes clairs de la présence de la vie dans cette blancheur divine. C'est ainsi qu'avait dû être la création : la lumière qui se chargeait d'éléments, une géométrie qui prenait forme. Et voici les quartz géants, les monolithes d'un culte que nous avions pris à la légère.

Par la vitre baissée, le vent ébouriffait mes cheveux, je pensais aux mèches blanches qui devaient être plus voyantes, comme des fugitives démasquées dans leur refuge près des oreilles. Si mon compagnon s'était tourné vers moi, il n'aurait pas vu une fille les cheveux au vent, mais une femme grisonnant à son côté. J'ai serré fermement sa cuisse à cette pensée. Il a saisi mon poignet et a appuyé sur l'accélérateur comme s'il voulait raccourcir la distance qui nous séparait de l'avenir.

Nous y voilà.

C'étaient les mots non prononcés à l'intérieur de cette voiture. C'étaient des mots non prononcés depuis des jours.

J'ai mis mes lunettes de soleil pour me protéger de la lumière surnaturelle de Miden.

– Est-ce que l'air te dérange ? a demandé mon compagnon. Veux-tu que je remonte la vitre ?

Je lui ai souri. Aucun problème, voyons. C'était de l'air pur, clair. De la douleur pure, claire. Avec des lunettes de soleil, c'était plus supportable. Les choses se mélangeaient, les quartz géants se teintaient. Une patine rougeâtre, une maladroite retouche des couleurs. J'avais choisi exprès ces verres aux tons chauds. Ils rendaient le paysage artificiel, et je pouvais supporter l'artifice, c'était tout ce que je pouvais encore supporter. Bientôt je commencerais à teindre mes cheveux et le vent ne dévoilerait pas la grisaille de mes années, ces choses me rassuraient, imaginer d'autres versions de moi-même. M'acheter de nouveau des vêtements moulants, essayer une ombre à paupières, moi qui ne me maquillais jamais, un effet fumé, et même un fond de teint, je ne sais pas, j'aurais trouvé quelque chose.

Nous y voilà.

À l'aéroport cette fois, j'avais un sac convenable. Un sac qui donnerait envie. « Comme il est beau ! Où l'as-tu trouvé ? » m'aurait-on demandé à mon arrivée. « À Miden, bien sûr ! » Et puis l'envie se serait calmée, je n'ai jamais été une femme enviée, je n'en ai pas l'allure. Sans ma valise, personne ne se bouchait les oreilles. Pas de roulettes, rien à tirer, juste le bruit des pas. Une chose digne.

Nous y voilà.

Un groupe de jeunes se tenait devant le comptoir d'enregistrement. Mon compagnon s'est figé. Ils étaient là pour lui. Ils étaient venus le saluer. Je lui ai tapoté l'épaule.

– Comme c'est gentil, ai-je commenté.

Et je me retrouvais de nouveau à envier quelqu'un. Il était tellement pris par l'émotion qu'il ne m'a pas répondu. Béat dans son embarras, un enfant qui voit une chatte pour la première fois.

– C'est gentil, n'est-ce pas ? ai-je insisté.

Mon compagnon était visiblement ennuyé par mon ton maternant.

– Oui… oui, a-t-il murmuré.

Ma présence le rendait nerveux. Je pouvais le comprendre. Il ne m'a jamais vraiment intégrée dans sa relation avec les étudiants – mais la communauté de Miden s'en est chargée, de la manière la plus violente qui soit. Peut-être que sa discrétion était le résultat de mon apparent manque d'intérêt. Je ne lui posais jamais de questions sur les cours, je confondais les visages et les noms des étudiants, j'avais tendance à minimiser ses questionnements existentiels quand il avait dû donner une note inférieure à celle qu'il aurait souhaité attribuer. Une fois, il n'en avait pas touché son repas ni fermé l'œil de la nuit. Nous avions fini par nous disputer, probablement parce que j'avais trop sommeil pour écouter ses tourments. Lorsqu'il m'arrivait de participer à un événement organisé par l'Académie, je m'ennuyais dans un coin à boire des verres de mauvais vin et à regarder les mollets galbés des filles. Certains étudiants étaient mignons, j'aurais même pu coucher avec quelques-uns – c'était le maximum que j'avais pu confier à mon compagnon. Des plaisanteries. Sur moi, sur lui. Des fantasmes d'orgies maison. Je n'avais jamais pris très au sérieux son rôle de professeur. Ou peut-être l'avais-je tellement pris au sérieux que ça m'avait inhibée, exclue de tout ce qui concernait sa vie universitaire. J'en avais été désolée à l'époque. J'ai repensé à cette dispute nocturne, à quand je l'avais poussé hors du lit juste pour pouvoir dormir. C'était bien avant que je devienne insomniaque. J'aurais l'occasion de m'excuser. Je pourrais devenir une meilleure compagne, une meilleure épouse. L'idée de devoir remédier à quelque chose me consolait, me donnait un but. Je serais rentrée dans mon Pays avec de bonnes intentions. Ce à quoi je ne pourrais jamais remédier, c'était mes erreurs à Miden. Le poncho orange abandonné sur le sol de la maison, les petites bestioles enterrées avec la valise, les réunions manquées à la Commission des Pesticides. Me sentir déracinée en permanence m'avait absoute de nombreuses fois, je ne pensais au passé que pour glorifier mon sentiment d'exil. Mais peut-être qu'une fois de retour dans mon Pays, l'exil deviendrait celui-ci ? Je savais bien que le poncho, les taupes et les pesticides n'étaient qu'un prétexte, car il y avait quelque chose de bien plus grave que je ne pouvais me pardonner : ma haine pour la fille. Je pouvais devenir une meilleure compagne, mais la vie ne me ferait jamais de remise sur le prix à payer pour ce sentiment. Il était toujours là, intact, jusqu'au bout : la fille avait fait de moi la compagne d'un violeur. Nous avons marché vers le comptoir d'enregistrement où se trouvaient les étudiants, j'ai pris mon compagnon par la main, je l'ai senti se retirer de mon étreinte. Il s'est tourné vers moi.

– Tu veux y aller, en attendant ? a-t-il suggéré. Je les salue et je te rejoins…

Le compagnon

Le vol a atterri avec trente-sept minutes de retard. Ça m'a marqué parce que j'avais trente-sept ans. Je pense que ma folie a commencé à ce moment-là, quand j'ai noté cette première coïncidence, puis tout s'est mis à constituer un signe. L'aéroport de notre Pays s'était taillé une sacrée réputation pour ses dysfonctionnements, des batailles politiques avaient été menées à ce sujet – impossible d'entrer dans le monde contemporain avec une telle carte de visite. C'était un territoire qui se prêtait bien à la rhétorique, il permettait de combiner une idée sociale avec des abstractions plus séduisantes : imaginer le monde à venir, les flux migratoires, la nécessité de trouver un modèle d'organisation avec la prolifération des non-lieux. Il y a certainement eu d'autres coupes budgétaires et licenciements après l'Effondrement mais, le jour de mon arrivée, l'absence de personnel était compensée par l'absence de voyageurs. L'aéroport semi-désertique mettait en évidence la détermination de chaque geste. Je n'étais pas le seul à me montrer plus affairé que nécessaire, à dévisser les bouchons de bouteilles d'eau, à me rouler des cigarettes pour fumer à peine sorti, à resserrer les lacets de mes chaussures, à vérifier l'affichage de l'arrivée des bagages avec le même regard captivé que celui qui lit un article de journal se sachant observé. Le tapis de mon vol était le numéro neuf. Un autre signe sans équivoque. Le même numéro que la rangée de mon siège dans l'avion. Les bagages étaient à l'heure, étrangement. C'était la première fois que ça m'arrivait à cet aéroport. Je ne pouvais exprimer ma surprise indicible, car mon esprit était occupé à traiter un autre élément : comment devais-je interpréter la brièveté de l'attente – ou plutôt, l'absence totale d'attente – entre l'atterrissage et l'arrivée des bagages ? M'empêchait-on de penser ? M'enlevait-on délibérément le temps de formuler des hypothèses ? Les significations étaient encore impénétrables, tandis que les signes se multipliaient. Ce ne pouvait certainement pas être un fait fortuit, une manifestation du hasard, que mon bagage ait été le premier à arriver et celui de ma compagne le dernier. Cela m'ennuyait, et ça allait l'ennuyer elle aussi, car lorsque son sac a finalement été craché de la bouche du tapis roulant, il n'y avait personne pour le regarder. Son beau sac à dos, indispensable, compact. Ce sac que j'avais préparé moi-même en choisissant soigneusement les vêtements que je voulais la voir porter, les livres que je voulais qu'elle lise, le bonnet orné d'un pompon que j'avais investi de notre future mélancolie. Le sac à dos a fait son défilé solitaire et circulaire, pour ensuite retourner dans le trou, en ressortir et reparcourir le même chemin. Qui sait si elle avait imaginé cette scène. Je soupçonnais que oui et une partie de moi l'admirait pour ce coup de théâtre. Prendre sa décision après l'enregistrement des bagages. Me laisser là à regarder le mouvement perpétuel de son sac sur le tapis. J'étais pratiquement seul devant l'Ouroboros. Une scène encore plus puissante que son siège vide dans l'avion. Moi qui crie comme un fou quand l'hôtesse de l'air ferme la porte avec ses gestes chorégraphiés.

– Il manque un passager !

– Monsieur, calmez-vous.

– Mais merde, ouvrez !

– Monsieur, asseyez-vous, nous partons.

Ils se sont mis à deux pour m'escorter jusqu'à mon siège. Doux, attentionnés.

– Monsieur, veuillez vous asseoir et attacher votre ceinture de sécurité.

Les autres passagers commençaient à s'agiter. C'étaient des touristes, mon visage ne leur disait rien. Tant mieux, j'étais juste un fou à leurs yeux. Ils devaient craindre une certaine violence, mais probablement pas celle que je traînais derrière moi.

– Faites-moi descendre ! ai-je crié à l'une des hôtesses en la secouant.

Un jeune homme a défait sa ceinture pour intervenir. Elle lui a fait signe de retourner s'asseoir. Elle n'a jamais perdu son sourire. Pas même lorsque ses lèvres se sont approchées de mon oreille, une haleine fraîche de pastille mentholée à peine suçotée :

– Je suis désolée, vous ne pouvez pas descendre. Vous n'êtes plus le bienvenu à Miden.

La compagne

Je me suis coupé les cheveux très court. Ils sont bleu électrique. J'en rêvais depuis l'adolescence, mais la rébellion de la jeunesse avait pris la voie moins extravertie de la quarantaine silencieuse. Ça me va bien maintenant aussi.

Ma fille est née. C'est une fille. Jusqu'au dernier moment, je pensais que ce serait un garçon.

« Elle a la bouche de son père », me disent les autres avec un voile de tristesse. Mais je ne suis pas triste de l'entendre. Son père a une très belle bouche. Ses lèvres me manquent. Je lui ai envoyé des photos de sa fille. Mon Rolleiflex est parti avec lui, mais on m'a offert un autre appareil. On m'a dit que mes photos étaient belles. On me dit beaucoup de choses gentilles. Je sais qu'il les reçoit et ne répond pas. Je continuerai à les lui envoyer. Pour le moment, je ne veux pas lui montrer la petite en vidéo. Même si je peux me soustraire à la caméra, cela impliquerait une forme d'interaction. Mon enfant réagirait à mes stimuli. Je me demande si elle voit déjà le bleu de mes cheveux. Je ne veux pas affecter leur relation, je ne veux pas que ma présence provoque du ressentiment dans le regard de son père.

La fille me rend souvent visite, s'occupe de la petite quand je veux sortir. Mais certains après-midi, nous les passons toutes les trois à la maison. J'ai arrêté de faire du thé. Quand elle est venue me voir la première fois, juste après mon retour de la clinique, elle m'a demandé comment s'appelait ma fille. Je n'avais pas encore décidé.

– Donne-lui mon nom, a-t-elle suggéré.

– Pourquoi pas.

COMPOSITION ET MISE EN PAGES
NORD COMPO À VILLENEUVE-D'ASCQ

ACHEVÉ D'IMPRIMER PAR CPI
EN AVRIL 2021

N° d'impression : 2053879
Dépôt légal : mai 2021
Imprimé en France